국어 교과서 작품 읽기
중2 시

국어 교과서 작품 읽기: 중2 시

전면 개정판 1쇄 발행 • 2018년 12월 10일
전면 개정판 19쇄 발행 • 2024년 11월 20일

엮은이 • 김아란 박성우
펴낸이 • 염종선
책임편집 • 정편집실
조판 • P.E.N.
펴낸곳 • (주)창비
등록 • 1986년 8월 5일 제85호
주소 • 10881 경기도 파주시 회동길 184
전화 • 031-955-3333
팩시밀리 • 영업 031-955-3399 편집 031-955-3400
홈페이지 • www.changbi.com
전자우편 • ya@changbi.com

ⓒ (주)창비 2018
ISBN 978-89-364-5880-5 44810
ISBN 978-89-364-5967-3 (전3권)

국어 교과서 작품 읽기

중2 시

김아란·박성우 엮음

창비

우리는 학교에서 여러 과목을 공부합니다. 과목마다 학습 방법도 재미도 다르지만, 한 가지 공통점이 있다면 모두 우리말, 우리글로 이루어진다는 점입니다. 달리 말해 국어 공부가 바탕이 되지 않으면 다른 과목이 더 어렵게 느껴질 수도 있지요. 더욱이 국어는 학교에서 배워야 하는 공부의 대상일 뿐 아니라 우리 삶 곳곳에서 쓰이는 소통의 도구입니다. 따라서 국어를 익히는 과정은 세상과 소통하는 법을 배우며 한 인간으로서 성장하는 과정이기도 합니다.

'국어 교과서 작품 읽기'는 2010년 출간된 이래 수많은 학생들과 학부모, 선생님들에게서 큰 관심과 사랑을 받아 왔습니다. 이전까지 한 권이던 국정 국어 교과서에서 여러 권의 검정 국어 교과서로 바뀌면서 나오기 시작한 '국어 교과서 작품 읽기'는 변화된 교육 과정에 발맞추어 다종의 국어 교과서에 실린 문학 작품을 갈래별로 가려 뽑아 재구성해 다채로운 작품을 접할 수 있게 한 시리즈입니다. 초판 이후 2013년부터 새로운 교육 과정에 맞추어 개정판을 냈으며, 이번에 다시 한번 개정된 교육 과정에 맞추어 2019년 새 국어 교과서 9종에 대비하는 '전면 개정판'을 내게 되었습니다.

2018년부터 시행되고 있는 '2015 개정 교육 과정'은 학생이 자신과 세계를 이해하고 공동체의 구성원으로 소통하는 법을 배울 수 있도록 국어 교과 역량을 기르는 것을 강조합니다. 즉 비판적·창의적 사고 역량, 자료·정보 활용 역량, 의사소통 역량, 공동체·대인 관계 역량, 문화 향유 역량, 자기 성찰·계발 역량 등을 키우는 일이 중요해집니다. 이를 위해 과목을 넘나드는 창의 융합 활동이 제시되고, 학습량을 20퍼센트 가까이 줄이는 대신 학습의 질을 높였습니다. 국어 교과서에서도 문학 작품을 인문, 과학 영역과 접목해 통합적으로 읽고 생각하기를 권장하고 있습니다.

이번 '국어 교과서 작품 읽기'는 이처럼 문학 작품 독해의 질을 높이고 국어 능력을 강조하는 교육 과정의 큰 변화에 발맞추어 전면 개정한 것입니다. 이 시리즈는 문학 작품을 읽어 가면서 느낀 재미와 감동을 확인하고 생각하는 힘을 기르는 데 도움을 줄 것입니다.

시는 함축적인 언어로 표현된 간결한 글입니다. 우리는 시를 통해 생각과 상상력을 키우기도 하고 아름다운 삶의 가치를 깨치기도 하는데요. 여러분이 시 읽기를 통해 시는 결코 멀리 있는 것이 아니라는 것을 알아 가면서 한 뼘쯤 더 마음의 키를 키우면 좋겠습니다.

엮은이는 이번에 새롭게 개편된 중2 국어 교과서 9종을 설레는 마음으로 읽어 나갔습니다. 머리를 맞대고, 시를 기쁘고 흥미롭게 접하는 방법에 대해 고민을 했습니다. 거리낌 없이 맘껏 상상하고 꿈꾸면서 시와 함께할 수는 없을까를 궁리했습니다. 의견을 나눈 끝에 우리는 45편의 시를 선정했습니다.

차례는 봄 여름 가을 그리고 겨울을 염두에 두고 총 4부로 구성했습니다. 풋풋한 출발을 알리는 1부 '새로운 길'에는 새싹과 꽃이 올라오는 봄기운을 중심에 두고 꾸렸습니다. 2부 '매미의 사랑'에는 한없는 뜨거움과 발랄한 상상력을 주는 시편을 많이 넣어 봤습니다. 3부 '엄마 걱정'은 가을의 깊이와 생각의 깊이를 염두에 두고 챙겼는데 여러분의 마음도 한결 깊어지지 않을까 여겨집니다. 마지막으로 4부 '따뜻한 저녁'에서는 정답고 포근한 시들이 여러분을 다정하게 안아 줄 것입니다. 한편, 고전 시가(시조)도 가급적 빼놓지 않고 넣어 시 읽기의 폭을 넓히려 했다는 마음 전합니다.

여전히 더러는 시에 대한 부담감이 있기도 할 텐데요. 우리는 여러분이 쉽고도 친근하게 시에 다가갈 수 있도록 시편마다 '감상 길잡이'를 두었습니다. 한 편의 시마다 도움이 될 만한 '활동'을 넣었으니 여러분 각자의 생각과 느낌을 자연스레 시에 담아 보면 어떨까 합니다. 그럼, 모쪼록 신나고 즐거운 시 읽기가 되기를 바랍니다.

2018년 12월

김아란 박성우

차례

1부 새로운 길

4부 따뜻한 저녁

일러두기

1. '2015 개정 교육과정'에 따른 중학교 검정 교과서 9종 『국어』 2-1, 2-2에 수록된 시들 중에서 45편을 가려 뽑았습니다.
2. 시가 처음 수록된 시집이나 전집을 원본으로 삼았습니다.
3. 표기는 가급적 원문에 충실히 따르는 것을 원칙으로 하였습니다. 다만 시의 분위기나 어감을 해치지 않는 선에서 현행 표기로 바꾸기도 하였습니다. 띄어쓰기는 모두 현행 표기법에 따랐습니다.
4. 한자는 모두 한글로 바꾸고 꼭 필요한 경우에만 괄호 안에 넣었습니다.
5. 시 끝부분에 낱말 풀이를 달았습니다.
6. 활동의 예시 답안은 창비 홈페이지(www.changbi.com)의 '자료실—어린이 청소년 자료실'에 있습니다.

1부

새로운 길

민지의 꽃

● 정희성

강원도 평창군 미탄면 청옥산 기슭
덜렁 집 한 채 짓고 살러 들어간 제자를 찾아갔다
거기서 만들고 거기서 키웠다는
다섯 살배기 딸 민지
민지가 아침 일찍 눈 비비고 일어나
저보다 큰 물뿌리개를 나한테 들리고
질경이 나싱개 토끼풀 억새……
이런 풀들에게 물을 주며
잘 잤니, 인사를 하는 것이었다
그게 뭔데 거기다 물을 주니?
꽃이야, 하고 민지가 대답했다
그건 잡초야, 라고 말하려던 내 입이 다물어졌다
내 말은 때가 묻어
천지와 귀신을 감동시키지 못하는데
꽃이야, 하는 그 애의 말 한마디가
풀잎의 풋풋한 잠을 흔들어 깨우는 것이었다

마음이 맑아지고 환해지는 시입니다. 정희성 시인은 시를 쓰면서도 평생 아이들을 가르쳐 온 선생님인데요.

그런 시인 선생님이 강원도 산기슭에 집을 짓고 사는 제자를 찾아간 모양이군요. 제자가 낳은 딸 다섯 살 민지는 얼마나 예쁠까요. 민지가 "질경이 나싱개 토끼풀 억새"에 물을 주며 "잘 잤니" 인사하는 모습이 눈에 선하게 보이는 듯합니다. "꽃이야" 하는 민지의 예쁜 목소리가 귀에 들리는 것만 같습니다. '꽃이야' 말하는 민지에게 시인 선생님이 그건 '잡초야'라고 말했다면 어땠을까요. 아는 척하거나 때가 묻은 말보다는 "풀잎의 풋풋한 잠을 흔들어 깨우는" 말을 많이 해야겠습니다.

시인은 「민지의 꽃」에서 '때가 묻은 말은 천지와 귀신을 감동시키지 못한다'고 하였는데요. 가장 가까이 있는 친구에게 '넌 정말 꽃 같아!' '넌 언제나 감동적이야!'라는 말과 같이 내 마음을 담은 말 한마디 전해 보면 어떨까요?

진달래꽃

• 김소월

나 보기가 역겨워
가실 때에는
말없이 고이 보내 드리오리다

영변에 약산
진달래꽃
아름 따다 가실 길에 뿌리오리다

가시는 걸음걸음
놓인 그 꽃을
사뿐히 즈려밟고 가시옵소서

나 보기가 역겨워
가실 때에는
죽어도 아니 눈물 흘리오리다

• **영변** 평안북도에 있는 지명.
• **약산** 평안북도 영변 서쪽에 있는 산. 경치가 좋기로 이름난 약산 동대가 있고, 예부터 진달래로 유명함.
• **즈려밟고** 위에서 눌러 밟고. '지르밟고'의 잘못.

자신이 좋아하는 친구가 싫다고 떠나면 어떤 마음일까요? 에스엔에스(SNS)상에서 문자 한 통으로 이별을 고하는 아이들이 많다는 요즘, 「진달래꽃」을 읽은 아이들은 화자를 어떻게 생각할지 궁금해요. 시의 화자는 사랑하는 임을 고이 보내 드린다는데, 어쩐지 화자의 태도에서는 정반대의 마음이 느껴져요. 시적 화자의 분신이나 다름없는 진달래꽃으로 길을 만들고, 그 꽃길을 "사뿐히 즈려밟고" 가라니! 이별하는 마당에 슬픔을 참고 꽃길을 만들어 축복해 주겠다는 이 말은 새빨간 거짓말 같지 않나요? '죽어도 아니 눈물 흘리겠다'는 마지막 연에서 임과의 이별을 인내하겠다고 다짐하지만 임을 꼭 붙잡아 두고 싶어 하는 화자의 간절하고 적극적인 의지가 더 느껴집니다.

 「진달래꽃」에서 가장 인상적인 부분을 찾고, 그 이유를 써 봅시다.

새로운 길

● 윤동주

내를 건너서 숲으로
고개를 넘어서 마을로

어제도 가고 오늘도 갈
나의 길 새로운 길

민들레가 피고 까치가 날고
아가씨가 지나고 바람이 일고

나의 길은 언제나 새로운 길
오늘도…… 내일도……

내를 건너서 숲으로
고개를 넘어서 마을로

우리는 살아가면서 수없이 많은 길을 만나고 또 지나가게 되는데요. 지금 지나는 길이 지루하게 느껴지나요, 새롭게 느껴지나요? 지루한 길을 갈 때와 새로운 길을 갈 때는 분명 느낌이 다른 것 같은데요. 지루하다고 여겨지는 길을 갈 때는 어쩐지 힘이 들지만 새롭다고 여겨지는 길을 갈 때는 뭔가 설레면서 기운도 나지요. 시인은 "나의 길은 언제나 새로운 길"이라고 다짐하듯 말하면서 삶을 밀고 가고 있는데요. 첫 연에 나왔던 "내를 건너서 숲으로/고개를 넘어서 마을로"라는 말이 마지막 연에서 다시 반복되면서 새로운 길을 가고자 하는 마음이 강조되고 운율도 살아나고 있습니다.

「새로운 길」에 나오는 '길'은 '살아가면서 나아갈 길'을 보여 주고 있는데요. 꿈을 떠올려 보면서 나는 어떤 삶의 길로 나아가고 싶은지 3줄 내외로 짧게 써 볼까요?

낙화

● 이형기

가야 할 때가 언제인가를
분명히 알고 가는 이의
뒷모습은 얼마나 아름다운가.

봄 한철
격정을 인내한
나의 사랑은 지고 있다.

분분한 낙화……
결별이 이룩하는 축복에 싸여
지금은 가야 할 때,

무성한 녹음과 그리고
머지않아 열매 맺는
가을을 향하여

- **낙화(落花)** 떨어진 꽃. 또는 꽃이 떨어짐.
- **격정** 강렬하고 갑작스러워 누르기 어려운 감정.
- **분분한** 여럿이 한데 뒤섞여 어수선한. 어지러운.

나의 청춘은 꽃답게 죽는다.

헤어지자
섬세한 손길을 흔들며
하롱하롱 꽃잎이 지는 어느 날

나의 사랑, 나의 결별,
샘터에 물 고이듯 성숙하는
내 영혼의 슬픈 눈.

「낙화」는 꽃잎이 떨어지는 것을 보고 이별을 떠올려 보는 시이지요. '낙화'를 '이별'에 비유했습니다. 여름철의 무성한 녹음과 가을철의 튼튼한 열매를 위해 봄철에 꽃이 피고 지는 것은 자연의 순리지요. 첫 연의 "가야 할 때가 언제인가를/분명히 알고 가는 이의/뒷모습"은 낙화를 의미합니다. 꽃이 지는 낙화를 아름답다고 한 것은 자연의 순리에 따르기 때문이겠지요.

우리들의 삶도 가만히 들여다보면 이러한 자연의 현상과 닮아 있답니다. 청춘 시절 한번쯤은 사랑의 열병을 앓다가 이별의 아픔을 경험하게 되지요. 시인은 이것을 "나의 청춘은 꽃답게 죽는다"라고 표현했습니다. 이별은 '나'에게 고통을 주지만 '성숙한 내 영혼'을 위해 겪어야 할 과정인 것입니다. 그래서 결별해야 할 때가 언제인지 분명히 알고 홀연히 떠나는 이의 뒷모습이 아름다운 걸까요?

이별은 축복이 될 수 있을까요? 「낙화」 3연에 나온 "결별이 이룩하는 축복"이란 무슨 뜻일지 생각해 봅시다.

빵집

● 이면우

빵집은 쉽게 빵과 집으로 나뉠 수 있다
큰길가 유리창에 두 뼘 도화지 붙고 거기 초록 크레파스로
아저씨 아줌마 형 누나님
우리 집 빵 사 가세요
아빠 엄마 웃게요, 라고 쓰여진 걸
붉은 신호등에 멈춰 선 버스 속에서 읽었다 그래서
그 빵집에 달콤하고 부드러운 빵과
집 걱정 하는 아이가 함께 살고 있다는 걸 알았다

나는 자세를 반듯이 고쳐 앉았다
못 만나 봤지만, 삐뚤빼뚤하지만
마음으로 꾹꾹 눌러쓴 아이를 떠올리며

빵집은 잘되고 있겠죠. 엄마 아빠도 아이도 잘 지내고 있겠죠? 차를 타고 갈 때면 차창 밖을 무심히 바라보면서 가게 되는데요. 어느 날 버스를 타고 가다가 우연히 이면우 시인의 「빵집」에 나오는 저런 귀엽고 예쁜 풍경을 만나게 된다면 어떨까요. 은근 마음 든든해지고 행복해질 것만 같은데요. 초록 크레파스로 삐뚤삐뚤 쓴 글씨 "아저씨 아줌마 형 누나님/우리 집 빵 사 가세요/아빠 엄마 웃게요"라는 부분을 읽다 보니 슬며시 기분 좋은 웃음이 나옵니다. 한데, 화자는 왜 "자세를 반듯이 고쳐" 앉았을까요. 아무리 어린아이의 마음 표현이라고 해도 그냥 웃어넘기기엔 그 깊이가 너무 깊어서 그러는 건 아닐까요.

「빵집」에는 여러 심상(이미지)이 활용되고 있는데요. "초록 크레파스"나 "붉은 신호등"과 같은 표현을 '시각적 심상'이라고 합니다. 이 시에서 '미각적 심상'과 '촉각적 심상'이 나오는 시행을 찾아 밑줄을 그어 볼까요?

시 창작 시간

● 조향미

오늘은 우리도 짧은 시 한 편 써 보자
그동안 배운 비유와 상징 이미지도
때깔 좋게 버무려 맛있는 시를 빚어 보렴
말 끝나기도 전에 으아—
인상 찌푸리며 비명 질러 대던 아이들은
시제 두어 개를 칠판에 써 놓으니
금방 연필 들고 공책 위에 납작 몸을 낮춘다
먹이 앞에 순해지는 강아지처럼
소풍날 보물찾기 나선 꼬마들처럼
녀석들이 이제 무얼 찾아 들고 나타날까
갓 피어난 별꽃 한 점일까
오래전에 잃어버린 무지갯빛 구슬일까
짐짓 가려 둔 흉터일까
이마 짚고 턱 괴며 골똘한 얼굴들
교실에는 아련한 눈빛으로 팔랑팔랑
시의 꽃가루를 찾는 나비도 몇 마리 있다
물론, 선뜻 씹히지 않는 생의 먹잇감에

• **시제** 시의 제목이나 제재.

끙끙대며 씨름하는 강아지들이 더 많다
만지작거리다 밀어 놓은 언어의 허물
책상 위에 지우개 가루만 소복이 쌓인다
그 속에 사금처럼 시가 반짝이고 있다

• **사금** 모래나 자갈 속에 섞인 금.

요즘 학생들은 "오늘은 ~에 대해 써 보자." 하면 몇몇 글쓰기를 좋아하는 아이들을 제외하곤 일단 반기지 않는 것 같습니다. 짧은 감상평이든, 소설 뒷이야기든 쓰는 것 자체가 부담인데 '비유'와 '상징'이 있는 시라니! 게다가 표현 방법까지 넣어 "때깔 좋게 버무려 맛있는 시를 빚어" 보라는 선생님. 수없이 썼다 지웠다를 반복하며 한 줄도 못 쓴 채 머리만 긁적이고 손도 못 대거나 아예 엎드려 잠을 자는 아이들도 있어요. 하지만 놀랍고 신기하게도 아이들은 찾아 나서고, 또 찾아내지요. 반짝반짝 빛나는 사금 같은 시들을. 그 순간 아이들의 한숨 섞인 탄식은 환호성이 되어 자신은 물론 선생님까지 행복하게 합니다.

「시 창작 시간」에서 시를 쓰는 아이들을 빗대어 표현한 시행을 찾아보고, 학교에서 시 창작 시간이 되면 어떤 마음이 들었는지 말해 봅시다.

풀잎에도 상처가 있다

• 정호승

풀잎에도 상처가 있다
꽃잎에도 상처가 있다
너와 함께 걸었던 들길을 걸으면
들길에 앉아 저녁놀을 바라보면
상처 많은 풀잎들이 손을 흔든다
상처 많은 꽃잎들이
가장 향기롭다

그 크기는 조금씩 다르겠지만 세상에 상처 없이 사는 사람이 있을까요? 우리는 친구의 사소한 말 한마디에도 상처를 받기도 하고, 엄마 아빠나 선생님이 무심코 한 말에도 상처를 입기도 하는데요. "풀잎에도 상처가 있다"고 시인이 말해 주기만 해도 위로가 되는 듯합니다. "상처 많은 꽃잎들이/가장 향기롭다"는 말을 되새겨 읽는 것만으로도 상처가 치유되는 것 같습니다. 상처를 보여 줄 수 있는 사람이 진짜 내 사람일 테고, 상처를 어루만져 줄 수 있는 사람이 진짜 내 사람일 텐데요. 그런 사람과 저녁놀도 보면서 "상처 많은 풀잎들이 손" 흔들어 주는 들길을 걸을 수 있다면 정말 좋겠습니다.

 「풀잎에도 상처가 있다」를 읽으면서 '그래, 아픔과 시련을 이겨 낸 사람의 삶이 더욱 향기롭고 아름답겠구나!' 하고 느꼈을 텐데요. 아래 시행 중에서 '마냥 강인해 보이는 사람한테도 상처가 있겠구나!' 하고 느껴지는 부분에 ○표를 해 보고, '마냥 예쁘고 아름다워 보이는 사람한테도 상처가 있겠구나!' 하고 느껴지는 부분에 ☆표를 해 보세요.

풀잎에도 상처가 있다 (　　　)
꽃잎에도 상처가 있다 (　　　)

딸기

● 이재무

오십 리 길 짐차에 실려 왔어유
멀미도 가시기 전에
낯선 거리 쏴댕기면서
지 몸 살 사람 찾고 있지유
목마름은 이냥저냥 견딜 수 있슈
헌디, 볼기짝 쥐어뜯으며
살결이 거칠다느니
단맛이 무르다느니 허진 말어유
지 몸이 그냥 지 몸인가유
이만한 몸땡이 하나 살리기 위해서두
하느님 손 농부 손 고루 탔어유
그러니께 지폐 한 장으루다
우리 식구 사돈에 팔촌까지 두루 사 가는 선상님들
몸값이나 후하게 쳐주셔야겠슈

'-유/슈' 하는 말투로 보아 충청도에서 온 딸기가 틀림없네요. 구수하고 능청스러운 시골 딸기가 하는 말이 너무 재밌고 웃음도 나요. 그런데 6행의 '헌디'부터는 우습게만 보였던 딸기가 더 이상 만만하게만 보이지 않지요. 오히려 딸기를 사거나 먹을 때 내뱉었던 말—좀 무르네. 흐물흐물하네. 상했네 등—이 떠올라 슬슬 딸기에게 미안해져요. 게다가 딸기 한 알 한 알마다 농부와 하늘의 정성 어린 손길과 보살핌이 있었을 터인데, 그 생각은 까맣게 잊고 '싸고 때깔 좋은 딸기 없나? 어디 흠 잡을 데는 없나?' 하고 요리조리 살펴봤던 것이 부끄러워집니다. 밥 알 하나에도 온 우주의 기운이 있는 것처럼 딸기 한 개에 담긴 수많은 사람들의 노고와 감사함을 잊지 말아야겠어요.

딸기를 키운 농부의 마음이 되어 딸기들에게 말을 걸어 봅시다.

메아리

● 최승호

망치처럼 나무를 두드리던
딱따구리야 어딨니이
따구리야 어딨니이
구리야 어딨니이
리야 어딨니이
야 어딨니이
어딨니이
딨니이
니이
이

산에 오르거나 골짜기에 들어서 소리를 질러 본 적이 있나요? 우리가 있는 힘껏 소리를 지르면 그 소리가 어딘가에 부딪혀 되돌아오는 걸 경험해 본 적이 있을 텐데요. 최승호 시인의 「메아리」에는 청각적인 느낌뿐 아니라 시각적인 느낌까지도 나타납니다. 시인은 어떻게 메아리를 눈에 보이는 것처럼 그려 낼 수 있었을까요. 정말 대단하다는 생각이 드는데요. "망치처럼 나무를 두드리던" 딱따구리를 찾는 목소리가 앞산에 부딪혀 계속 울리는 것만 같습니다. "딱따구리야 어딨니이" 하는 말이 왼쪽 위 둘째 행에서부터 오른쪽 아래로 내려가면서 딱 맞아떨어져 읽히는 것도 무척 재미있습니다.

 지금 내가 아무도 없는 산 정상에 올라 있다면 뭐라고 외치고 싶을까요? 크게 외치고 싶은 말을 한번 써 보세요!

새싹 하나가 나기까지는

● 경종호

비가 오면 생기던 웅덩이에 씨앗 하나가 떨어졌지.

바람은 나뭇잎을 데려와 슬그머니 덮어 주고
겨울 내내 나뭇잎
온몸이 꽁꽁 얼 만큼 추웠지만
가만히 있어 주었지.

봄이 되고
벽돌담을 돌던 햇살이 스윽 손을 내밀었어.
그때, 땅강아지는 엉덩이를 들어
뿌리가 지나갈 길을 열어 주었지.
비가 오지 않은 날엔 지렁이도
물 한 모금 우물우물 나눠 주었지.

물론 오늘 아침 학교 가는 길
연두색 점 하나를 피해 네가 '팔딱' 뛰었던 것이
가장 중요한 일이긴 하지만 말이야.

세상에 뿌려진 씨앗이 다 새싹으로 돋아나는 것은 아니지요. 씨앗 하나가 새싹 하나로 태어나기까지는 숨은 공로자가 참 많습니다. 바람, 나뭇잎, 햇살, 땅강아지, 지렁이…… 바람이 나뭇잎을 데려오지 않았다면, 나뭇잎이 춥다고 어린 씨앗 혼자 놔두고 저만 달아났다면 어찌 되었을까요? 따뜻한 봄 햇살이 오돌오돌 떨고 있는 씨앗을 보고도 모른 척했다면? 땅강아지와 지렁이의 도움이 없었다면 뿌리가 잘 내릴 수 있었을까요? 그리고 '어린 새싹쯤이야!' 하고 내가 무심히 밟고 지나쳤다면? 아, 생각만 해도 아찔해요.

지금 이 순간까지 우리를 키운 수많은 것들에 감사해야겠어요. 우리가 지금 살고 있는 이 기적의 순간을 깨닫기만 해도 참 행복한 삶이 될 거예요.

열다섯 살이 될 때까지 여러분을 키운 것들은 무엇일까요? 생각나는 대로 적어 보세요.

실비

● 강정안

실비 금비 내려라.
잔디밭에 내려라.

실비 꽃비 내려라.
꽃송이에 내려라.

실비 싹비 내려라.
가지마다 내려라.

실비 떡비 내려라.
못자리에 내려라.

실비 은비 내려라.
연못 속에 내려라.

실같이 가늘게 내리는 비를 '실비'라고 하는데요. 각 연의 첫 행이 시작되는 자리마다 '실비'가 반복되고, 모든 행마다 자리한 "내려라"가 반복되면서 운율이 살아나고 있는데요. 이 때문에 시가 경쾌하기까지 합니다. 꼭 필요할 때 오는 비를 '금비'라고 하는데요. "실비 금비"가 잔디밭에 내리면 잔디가 푸릇푸릇 살아날 것입니다. "실비 꽃비"가 꽃송이에 내리면 꽃이 활짝 피어날 것이고 "실비 싹비"가 가지마다 내리면 나무가 싹을 활짝 틔울 것입니다. 볍씨 뿌린 못자리에 떡잎이 나오게 하는 "실비 떡비"가 내리면 풍년이 들 것이고, "실비 은비"가 내리면 연못이 은빛으로 반짝이겠지요.

비의 종류를 나타내는 우리말이 참 많은데요. '농사에 더없이 요긴하고 유익한 비'는 어떤 비일까요? 아래 보기 중에서 골라 보세요.

① 실비 ② 금비 ③ 꽃비 ④ 싹비 ⑤ 은비

2부

매미의 사랑

사랑

● 안도현

여름이 뜨거워서 매미가
우는 것이 아니라 매미가 울어서
여름이 뜨거운 것이다

매미는 아는 것이다
사랑이란, 이렇게
한사코 너의 옆에 붙어서
뜨겁게 우는 것임을

울지 않으면 보이지 않기 때문에
매미는 우는 것이다

한여름 매미는 줄기차게 울어 댑니다. 왜 저렇게 밤늦게까지 울어 댈까 생각해 본 적이 있나요? 너무 시끄러워 잠을 못 이룰 때도 있었을 거예요. 그런데 시인의 귀에는 매미 울음소리가 '사랑을 위한 애절한 노래'로 들리나 봅니다.

수컷 매미는 짝짓기를 위해 배에 있는 발음 기관(공명 기관)을 울려 암컷을 부른다고 하지요. 짝짓기를 마친 수컷은 곧 죽고, 암컷은 알을 낳은 후에 죽습니다. 짧게는 4~5년, 길게는 17년 동안이나 땅속에 있던 유충은 여름에 매미로 변신하지요. 그리고 죽기를 각오하고 자신의 존재를 드러내기 위해 뜨겁게 울어 댑니다. 시인은 너의 옆에서 네가 볼 수 있도록 "뜨겁게 우는 것"이 바로 사랑이라고 말하지요. 매미의 절규는 바로 매미의 '사랑 노래'인 셈이네요.

매미가 아닌 다른 생물의 입장에서 「사랑」 2연의 모방 시를 써 봅시다.

_____는(은) 아는 것이다

사랑이란. _____

_____

_____

귀뚜라미

● 나희덕

높은 가지를 흔드는 매미 소리에 묻혀
내 울음 아직은 노래 아니다.

차가운 바닥 위에 토하는 울음,
풀잎 없고 이슬 한 방울 내리지 않는
지하도 콘크리트 벽 좁은 틈에서
숨 막힐 듯, 그러나 나 여기 살아 있다
귀뚜르르 뚜르르 보내는 타전 소리가
누구의 마음 하나 울릴 수 있을까.

지금은 매미 떼가 하늘을 찌르는 시절
그 소리 걷히고 맑은 가을이
어린 풀숲 위에 내려와 뒤척이기도 하고
계단을 타고 이 땅 밑까지 내려오는 날
발길에 눌려 우는 내 울음도
누군가의 가슴에 실려 가는 노래일 수 있을까.

매미 우는 소리가 들리면 '여름이 왔구나.' 하고, 귀뚜라미 우는 소리가 들리면 '가을이 왔구나.' 하는데요.

지금은 매미 우는 소리가 "높은 가지를 흔드는" 여름입니다. 귀뚜라미 울음소리는 누군가의 가슴을 울리는 노래가 될 수 있을까요? 이 시의 화자인 귀뚜라미는 바닥이 차가운 지하도 콘크리트 벽에서 살아가고 있습니다. 그것도 숨이 막히게 좁은 틈에서 말이지요. 귀뚜라미가 가까스로 토해 내는 울음소리가 들리나요? 여전히 "매미 떼가 하늘을 찌르는" 여름인데요. 귀뚜라미는 결코 주저앉지 않고 "나 여기 살아 있다"고 말하며 힘든 현실을 이겨 내고자 하고 있습니다. 맑은 가을이 땅 밑으로 내려올 날을 기다리고 있습니다.

 「귀뚜라미」를 천천히 살펴보면서 아래 보기 중에서 맞는 말에 ○를, 틀린 말에 ×를 해 볼까요?

1. "내 울음 아직은 노래 아니다"에서 '내 울음'은 귀뚜라미의 울음이다. ( )
2. 이 시의 계절적 배경은 봄이다. ( )
3. "그러나 나 여기 살아 있다"에는 힘든 현실을 이겨 내고자 하는 화자의 의지가 담겨 있다. ( )

비린내라뇨!

● 함민복

우리들한테
비린내 난다고 하지 마세요

코 막지 마세요

우리도 피부를 보호하기 위해
미끄러운 피부, 거친 피부
다 특성에 따라
정성 들여 화장한 거예요

이렇게
향기가 다양한 걸
무조건 다 비린내라뇨!

이건, 정말
언어폭력이에요

—물고기 일동

화장하는 물고기! 생각해 보셨나요? 이런 아름다운 물고기에게 "비린내 난다"고 말하는 것이 "언어폭력"이 될 줄은 꿈에도 몰랐네요. 거기에 냄새난다고 눈살을 찌푸리고 코를 움켜잡으며 싫은 소리도 했으니, 물고기 입장에서 보면 정말 화가 날 만합니다.

물고기는 사람들한테 무슨 냄새가 난다고 할까요? 여러분은 어떤 냄새가 난다는 말을 듣고 싶나요? 정말 별것 아니라고 생각했던 우리의 일상이, 누구의 눈으로 어떤 기준으로 보느냐에 따라 얼마나 달라질 수 있는지를 보여 주는 시인의 재치와 상상력이 참 놀랍네요. 재밌게 읽기 시작했는데, 사람 중심의 세상에서 살고 있는 나 자신이 부끄러워져요.

우리 주변의 생물이나 또는 사물의 입장이 되어 사람들에게 보내는 시를 써 봅시다.

우리말 사랑 1

● 서정홍

자고 일어나
달리기를 하면 발목 삘까 봐
조깅을 한다.
땀이 나
찬물로 씻으면 피부병 걸릴까 봐
냉수로 샤워만 한다.
아침밥은 먹지 못하고
식사만 하고
달걀은 부쳐 먹지 않고
계란후라이만 해 먹는다.

일옷은 입지 않고
작업복만 골라 입고
일터로 가지 않고
직장으로 가서
일거리가 쌓여 밤샘 일은 하지 않고
작업량이 산적해 철야 작업을 하고
핏발 선 눈은

충혈된 눈이 되어 집으로 돌아가면
아내는 반찬을 사러
가게로 가지 않고
슈퍼에 간다.

실컷 먹고 뒤가 마려우면
뒷간으로 가지 않고
화장실로 가서
똥오줌은 누지 않고
대소변만 보고 돌아와
오랜만에 아내와 마주 앉아
얘기를 나누다 잠이 들면 될 텐데
와이프와 마주 앉아
대화를 나누다 잠이 든다.

이 시는 우리말에 대해 참 많은 생각을 하게 하는데요. 우리가 무심코 쓰는 말 가운데 한자어나 외래어가 이렇게 많은 줄은 미처 몰랐지요? 그렇습니다. 그냥 '달리기'라고 하면 될 것을 '조깅'이라고 하고, '찬물'이라고 하면 될 것을 굳이 '냉수'라고 합니다. '씻는다'고 하면 될 것을 '샤워한다' 하고, '밥 먹는다'고 하면 될 것을 '식사한다'고 합니다. "달걀은 부쳐 먹지 않고 계란후라이만 해" 먹는데요. '일옷'은 '작업복'이 되고 '일터'는 '직장'이 되었습니다. "일거리가 쌓여 밤샘 일"을 한다고 하지 않고 "작업량이 산적해 철야 작업"을 한다고 합니다. '충혈'이라는 한자어도 '슈퍼'라는 외래어도 한번쯤은 더 생각해 보고 써야 할 것 같습니다.

아래에 나오는 한자어나 외래어 옆에 「우리말 사랑 1」의 3연에 나오는 우리말을 찾아 써 보세요.

화장실(化粧室) → (   )　　대소변(大小便) → (   )
와이프(wife) → (   )　　대화(對話) → (   )

절친

● 복효근

내 건 검은색에 흰 줄
진영이 건 하늘색에 흰 줄

진영이와 나는 슬리퍼 한 짝씩 바꿔 신었습니다.
나는 내 것 왼쪽에 진영이 것 오른쪽
진영이는 내 것 오른쪽에 진영이 것 왼쪽

서로의 절반씩을 줘 버리고 나니
우린 그렇게 절반씩 부족합니다.

서로의 부족한 절반을 알고 있기에
그 서로의 반쪽이 우리를 하나로 묶어 주었습니다.

한쪽 날개밖에 없는 두 마리 새가 만나
두 날개로 하나 되어 날아간다는 비익조처럼
우린 둘이서 하나입니다.

실내화 한 짝씩 바꾸어 신었을 뿐인데

내가 두 개가 된 느낌
내가 두 배가 된 느낌

힘도 꿈도 깡도
하나이면서 둘인, 둘이면서 하나인
온 세상이 온통 우리 것 같은 느낌입니다.

지금 여러분에겐 진심을 주고받을 만한 친구가 한 사람이라도 있나요?

「절친」을 읽고 있으면, 단짝 친구 한 명만 있어도 부러울 것이 없고 온 세상을 얻은 것처럼 마음이 �꼭 차올라 행복하게 웃고 있는 한 학생이 그려져요. 친구랑 슬리퍼 한 짝 바꿔 신었을 뿐인데, 이렇게 행복해 보이는 이유는 무엇일까요? 남아서 나누는 것이 아닌, 부족한 반쪽이 두 친구를 더 끈끈한 하나로 묶어 준 것 같네요. 눈과 날개가 각각 한쪽씩 있어 짝을 짓지 않으면 날지 못하는 새, 비익조처럼 내 진심을 알아주고 부족함을 채워 주는 친구가 단 한 명만 있어도 외롭지 않겠지요. 아직 없다고요? 그럼, 여러분을 간절히 기다리는 친구가 있는지 마음을 열고 한번 찾아봐요!

'역설'은 겉보기에는 말 자체가 논리적으로 모순되지만 그 속에 어떤 진리나 진실을 담고 있는 표현법입니다. 이 시에서 역설적 표현을 찾아보고, 왜 그렇게 표현했는지 써 봅시다.

고향

● 정지용

고향에 고향에 돌아와도
그리던 고향은 아니러뇨.

산꿩이 알을 품고
뻐꾸기 제철에 울건만,

마음은 제 고향 지니지 않고
머언 항구로 떠도는 구름.

오늘도 뫼 끝에 홀로 오르니
흰 점 꽃이 인정스레 웃고,

어린 시절에 불던 풀피리 소리 아니 나고
메마른 입술에 쓰디쓰다.

고향에 고향에 돌아와도
그리던 하늘만이 높푸르구나.

• **뫼** 산.

고향에는 알을 품고 있는 '산꿩'이 있고 알맞은 시절에 우는 '뻐꾸기'가 있습니다. 오늘도 올라 보는 산에는 "흰 점 꽃"이 피어 "인정스레 웃고" 있습니다. 그리던 고향 하늘은 높푸르기만 한데요. 정작 화자는 "고향에 고향에 돌아와도/그리던 고향은" 아니라고 합니다. 막상 자신이 태어나고 자란 고향에 와 있지만 마음을 두고 와서 그러는 걸까요? 화자가 "마음은 제 고향 지니지 않고/머언 항구로 떠도는 구름"이라고 말하는 걸 보면, 마음은 아직 고향에 온전히 닿아 있지 않은 것 같습니다. 어째 "어린 시절에 불던 풀피리 소리"도 나지 않고 마른 입술에 쓰디쓴 맛만 남깁니다.

 사람이 아닌 대상을 사람인 것처럼 표현하는 수사법을 '의인법'이라고 하는데요. 「고향」에서 의인법이 사용된 시행을 찾아 밑줄을 그어 볼까요?

물, 수, 제, 비

● 정완영

우리 마을 고향 마을 시냇가 자갈밭에
별보다 고운 자갈이 지천으로 깔렸는데
던지면 도마뱀처럼 물길 찰찰 건너갔지

공부도 하기 싫고 노는 것도 시시한 날
나는 냇가로 나가 물수제비 떠먹었지
자갈이 수, 제, 비 되어 퐁당퐁당 나를 달랬지.

• **물수제비** 둥글고 얄팍한 돌을 물 위로 튀기어 가게 던졌을 때 그 튀기는 자리마다 생기는 물결
모양.
• **지천** 매우 흔함

물수제비 떠 본 적 있나요? 물수제비 뜨기는 돌멩이가 물 위로 담방담방 스쳐 지나가게 하는 놀이를 말합니다. 아직 해 본 적이 없다면 작고 반반한 돌을 골라 물 위에 비스듬히 던져 볼까요. 처음엔 돌멩이가 물 위를 튕겨 나가지 못하고 물속에 꼬르록 잠기겠지만, 자꾸 던지다 보면 물 위를 빠르게 건너가듯 몇 번 튕겨 가는 모습을 볼 수 있을 거예요. 그러면 자신도 모르게 "와아!" 하는 탄성이 절로 난답니다.

시골에서 어린 시절을 보낸 '나'는 "공부도 하기 싫고 노는 것도 시시한 날"엔 시냇가에 나가 별보다 고운 돌로 물수제비 뜨며 마음을 달랬나 봅니다.

「물, 수, 제, 비」는 한 행이 4마디(4음보)씩 반복되어 운율이 형성되는 시조랍니다. 일정한 간격을 유지하며 물 위를 떠가는 물수제비처럼, 이 시조를 4마디씩 똑똑 끊어 읽어 보세요.

그림자

• 문삼석

난 꼬마도 될 수 있고
엄청난 거인도 될 수 있다.
아파트 벽쯤 단숨에 오르고
물 위로 벌렁 누울 수도 있다.
하지만 난
혼자서는 안 논다.
꼭꼭 누구랑 같이 논다.
누구가 누구냐구?
바로 너지 누구야.
언제나 너를 따라
함께 노는 나.
그럼 난 누구게?

수수께끼의 정답을 맞혔나요? 한 문제가 한 고개라면 「그림자」는 모두 열두 고개를 넘은 셈이네요.

그림자가 뭔지도 모르는 어린 시절, 줄곧 옆에서 움직이던 검은 그림자는 아기들의 신기한 놀잇감이죠. 발로 밟아도 보고, 상상 속의 동물이나 친숙한 강아지로 변신한 그림자와 이야기도 나누고. 하지만 그림자의 실체를 알고 난 후엔 대부분 그림자의 존재를 잊고 살아가지요. 그런데 내가 잠시 잊고 지낸 동안에도, 친구랑 다퉈 혼자 외로울 때도, 학원 끝나고 어두컴컴한 골목길 종종걸음 할 때도, 내 옆을 떠나지 않는 나의 분신이자 언제나 나를 따라 함께 노는 너, 그림자가 있었네요.

 수수께끼도 시가 될 수 있어요. 수수께끼 형식을 빌린 시를 써 봅시다.

훈민가 —제13수

● 정철

오늘도 다 새었다 호미 메고 가자스라
내 논 다 매어든 네 논 좀 매어 주마
올 길에 뽕 따다가 누에 먹여 보자스라

58

「훈민가」는 강원도 관찰사이던 정철이 백성을 가르쳐 깨우치기 위해 지은 연시조(하나의 제목 아래 2수 이상으로 구성된 시조)인데요. 원래는 전체 16수로 되어 있는데 여기서는 제13수만을 보여 주고 있습니다. 이 연시조는 일반 백성을 좋은 방향으로 이끌어 나아가기 위한 목적성을 드러내고 있음에도 순우리말을 빼어나게 잘 살리고 있어 깊은 문학성을 보여 주고 있는데요. 먼저, 초장에서는 오늘도 날이 다 밝았으니 호미 메고 가자 청하고, 중장에서는 내 논 풀을 다 매거든 네 논 풀도 매어 주마고 합니다. 종장에서는 오는 길에 뽕 따다가 누에를 먹여 보자고 청하는데요. '가자스라' '보자스라'와 같이 무언가를 함께하자고 하는 목소리가 정겹게 느껴집니다.

「훈민가」 2행 "내 논 다 매어든 네 논 좀 매어 주마"를 사자성어로 표현한다면 아래 보기 중 어떤 것이 가장 적당할까요?

① 상부상조(相扶相助)
② 설상가상(雪上加霜)
③ 선남선녀(善男善女)
④ 매란국죽(梅蘭菊竹)
⑤ 마이동풍(馬耳東風)

두꺼비 파리를 물고

● 지은이 모름

두꺼비 파리를 물고 두엄 위에 치달아 앉아
건넛산 바라보니 백송골이 떠 있거늘 가슴이 섬뜩하여 풀
떡 뛰어 내닫다가 두엄 아래 자빠지거고
모처라 날랜 나일망정 어혈 질 뻔하여라

현대어 풀이

두꺼비가 파리를 물고 두엄 위에 뛰어올라 앉아
건넛산 바라보니 흰 송골매가 떠 있어 가슴이 섬뜩하여 펄
쩍 뛰어내리다가 두엄 아래 자빠지고 말았다
마침 내가 몸이 날랬기에 망정이지 피멍 들 뻔하였구나

• **두엄** 풀, 짚 또는 가축의 배설물 따위를 썩힌 거름. 여기서는 '거름 더미'를 뜻함.
• **백송골** 흰 송골매. 몸이 크며 성질이 굳세고 날쌔어 사냥하는 데 쓰임.
• **모처라** '마침'의 옛말. 어떤 경우나 기회에 알맞게. 또는 공교롭게.
• **나일망정** 나니까 망정이지.
• **어혈(瘀血)** 타박상 따위로 살 속에 피가 맺힘. 피멍.

두꺼비가 먹잇감인 파리를 물고 거름 더미 위에 위풍당당하게 앉아 있어요. 그런데 건너편 산 위에 뜬 송골매를 보고 그만 가슴이 놀라 급하게 뛰어내리다가 자빠지고 맙니다. 우습지요. 매는 건너편 산에서 맴돌기만 했을 뿐인데 말입니다. 그러나 정작 우스운 일은 그다음에 일어나요. 자신의 행동이 민망했는지 묻지도 않았는데 종장에서는 그럴듯한 변명까지 늘어놓지요. 약자에게는 강한 척하고 강자 앞에서는 한없이 약한 모습을 보이는 두꺼비. 이 사설시조가 지어진 조선 후기를 생각할 때, 두꺼비는 어떤 존재였을까요? 백성을 괴롭혀 자기 배를 불리면서 자신보다 더 권세 있는 자에게는 머리 숙여 아첨하는 탐관오리의 모습이 떠오르지 않나요?

「두꺼비 파리를 물고」에 나오는 '파리, 두꺼비, 백송골'은 오늘날의 어떤 사람에 빗댈 수 있을까요?

3부

엄마 걱정

귀뚜라미에게 받은 짧은 편지

● 정호승

울지 마
엄마 돌아가신 지
언제인데
너처럼 많이 우는 애는
처음 봤다
해마다 가을날
밤이 깊으면
갈댓잎 사이로 허옇게
보름달 뜨면
내가 대신 이렇게
울고 있잖아

귀뚜라미 우는 소리를 들어 본 적이 있겠지요? 이 시에서는 가을날 깊은 밤에 귀뚜라미가 울고 있군요. "갈댓잎 사이로 허옇게/보름달"이 뜬 밤에 귀뚜라미가 울고 있군요. 엄마를 잃고 슬픔에 빠져 우는 아이 대신 울어 주고 있군요. 가슴 저미면서도 가슴 따뜻해지는 시인데요. 대체 이 시의 화자는 누구이기에 이렇게 다정한 걸까요? '귀뚜라미에게 받은 짧은 편지'라는 제목만 보고도 쉽게 알아차렸을 텐데요. 맞습니다. 너무 쉽죠? 이 시의 화자는 귀뚜라미입니다. 엄마를 잃은 아픔은 아무리 오랜 시간이 지나도 가시지 않을 텐데요. "너처럼 많이 우는 애는/처음 봤다"며 귀뚜라미가 고맙게도 대신 울어 주고 있습니다.

「귀뚜라미에게 받은 짧은 편지」는 귀뚜라미가 어느 계절에 보낸 편지일까요?

엄마 걱정

● 기형도

열무 삼십 단을 이고
시장에 간 우리 엄마
안 오시네, 해는 시든 지 오래
나는 찬밥처럼 방에 담겨
아무리 천천히 숙제를 해도
엄마 안 오시네, 배춧잎 같은 발소리 타박타박
안 들리네, 어둡고 무서워
금 간 창틈으로 고요히 빗소리
빈방에 혼자 엎드려 훌쩍거리던

아주 먼 옛날
지금도 내 눈시울을 뜨겁게 하는
그 시절, 내 유년의 윗목

• **윗목** 온돌방에서 아궁이로부터 먼 쪽의 방바닥. 불길이 잘 닿지 않아 아랫목보다 차가운 쪽임.

여러분도 누군가를 오랫동안 기다리다 지친 경험이 있나요? 걱정으로 잠 못 이루거나, 혼자 무서워 울었거나, 미워서 화까지 나다가도 기다리는 사람이 막상 오면 맘이 탁 놓이고 반가워 안기고 싶지요. 「엄마 걱정」에도 엄마를 애타게 기다리는 아이가 나옵니다. 열무를 팔러 시장에 간 엄마는 '해가 시들어' 어두워진 지 오래되었지만 돌아오는 발걸음 소리는 들리지 않네요. 무슨 일이 있는 걸까요? 시의 화자는 외롭고 무섭기만 해요. 엄마가 얼른 돌아와 빈방에 혼자 엎드려 울고 있는 화자의 어깨를 꼭 안아 주면 좋겠네요.

이 시는 어른이 된 화자가 어린 시절의 경험을 돌아보는 방식을 취하고 있지요. 화자는 나이가 들어 어른이 되었지만, 어린 시절 차디찬 빈방에서 엄마를 기다리던 기억을 떠올리면 눈시울이 뜨거워지곤 합니다.

누군가를 혼자 애타게 기다려 본 경험을 떠올려 보고, 그때 어떤 심정이었는지 말해 봅시다.

못난 사과

● 조향미

못나고 흠집 난 사과만 두세 광주리 담아 놓고
그 사과만큼이나 못난 아낙네는 난전에 앉아 있다
지나가던 못난 지게꾼은 잠시 머뭇거리다
주머니 속에서 꼬깃꼬깃한 천 원짜리 한 장 꺼낸다
파는 장사치도 팔리는 사과도 사는 손님도
모두 똑같이 못나서 실은 아무도 못나지 않았다

• **난전** 허가 없이 길에 벌여 놓은 가게.

조향미 시인의 「못난 사과」는 "모두 똑같이 못나서 실은 아무도 못나지 않았다"는 역설적 시행이 단연 돋보이는 시인데요. 그렇습니다. 흠집이 있는 사과도, 변변치 않은 사과를 광주리에 담아 놓고 파는 아낙네도, 꼬깃꼬깃한 돈을 꺼내 그런 사과를 사 가는 지게꾼도 전혀 못나 보이지 않습니다. 화려하지는 않지만 소소한 행복을 느끼며 소박하게 살아가는 모습이 마냥 귀하게만 느껴집니다. 성실하게 살아가는 삶의 자세가 마냥 소중하게만 여겨집니다. 우리는 그간 너무 함부로 '잘났다'거나 '못났다'거나 하며 세상의 잣대를 들이대면서 살아온 것은 아닌지 반성을 하게 만드는 시입니다.

「못난 사과」에는 "지게꾼은 잠시 머뭇거리다/주머니 속에서 꼬깃꼬깃한 천 원짜리 한 장 꺼낸다"는 구절이 있는데요. 이 지게꾼의 생활 형편은 어떠할 것 같나요?

마음의 고향 —가지 않은 길

● 이시영

내 생에 그런 기쁜 길이 남아 있을까
중학 1학년,
새벽밥 일찍 먹고 한 손엔 책가방,
한 손엔 영어 단어장 들고
가름젱이 콩밭 사잇길로 사잇길로 시오 리를 가로질러
읍내 중학교 운동장에 도착하면
막 떠오르기 시작한 아침 해에
함뿍 젖은 아랫도리가 모락모락 흰 김을 뿜으며 반짝이던,
간혹 거기까지 잘못 따라온 콩밭 이슬 머금은
작은 청개구리가 영롱한 눈동자를 이리저리 굴리며 팔짝
튀어 달아나던,
내 생에 그런 기쁜 길을 다시 한번 걸을 수 있을까

• **가름젱이** 시인의 고향인 전남 구례군 마산면 광평리에 있는 들.
• **시오 리** 15리(6킬로미터). 10리는 약 4킬로미터.

여러분이 다녀 본 길 중에서 다시 한번 걸어 보고 싶은 길이 있나요? 이 시의 화자 '나'는 어른이 되어서도 중학생 시절에 학교를 오가던 길을 잊지 못합니다. 그 길은 화자에게 어떤 길이었기에 "내 생애 그런 기쁜 길"이라고 표현했을까요?

집에서 학교까지 '시오 리' 길이라면 여러분 걸음으로 한 시간 이상은 족히 걸릴 듯하네요. 화자는 새벽밥 일찍 먹고 나와 아직 아무도 지나가지 않은 길을 따라 학교로 향합니다. 여름철이면 길가의 콩밭 이슬에 아랫도리가 흠뻑 젖기도 하고, 청개구리의 영롱한 눈동자와 마주치던 길이기도 하지요. 한마디로 자연 그대로의 숨결이 살아 있던 곳입니다. 이런 길이 아직 그대로 남아 있을까요? 어린 시절에는 수없이 오갔지만 세월이 한참 흐른 이제는 '마음의 고향'으로만 간직할 수밖에 없나 봅니다.

내가 아침마다 학교에 가는 길은 어떤 길인가요? 내 생애에서 어떤 길로 남을지 상상해 볼까요?

방을 얻다

● 나희덕

담양이나 창평 어디쯤 방을 얻어
다람쥐처럼 드나들고 싶어서
고즈넉한 마을만 보면 들어가 기웃거렸다.
지실마을 어느 집을 지나다
오래된 한옥 한 채와 새로 지은 별채 사이로
수더분한 꽃들이 피어 있는 마당을 보았다.
나도 모르게 열린 대문 안으로 들어섰는데
아저씨는 숫돌에 낫을 갈고 있었고
아주머니는 밭에서 막 돌아온 듯 머릿수건이 촉촉했다.
─저어, 방을 한 칸 얻었으면 하는데요.
일주일에 두어 번 와 있을 곳이 필요해서요.
내가 조심스럽게 한옥 쪽을 가리키자
아주머니는 빙그레 웃으며 이렇게 대답했다.
─글씨, 아그들도 다 서울로 나가불고
우리는 별채서 지낸께로 안채가 비기는 해라우.
그라제마는 우리 집안의 내력이 짓든 데라서
맴으로는 지금도 쓰고 있단 말이요.
이 말을 듣는 순간 정갈한 마루와

마루 위에 앉아 계신 저녁 햇살이 눈에 들어왔다.
세놓으라는 말도 못 하고 돌아섰지만
그 부부는 알고 있을까.
빈방을 마음으로는 늘 쓰고 있다는 말 속에
내가 이미 세 들어 살기 시작했다는 걸.

어떤 것이든 저마다 가지고 있는 가치나 의미가 다를 텐데요. 빈방도 어떤 이에게는 단순히 비어 있는 방이 아닌가 봅니다. 고즈넉한 마을에 방을 얻어 일주일에 두어 번 쓰고자 하는 이가 있는데요. 마침 마음에 드는 오래된 집을 보게 됩니다. 하지만 주인아주머니는 "우리 집안의 내력이 짓든 데라서/맴으로는 지금도 쓰고 있단 말이요" 하고 말합니다. 이 말을 듣는 순간 방을 구하고자 했던 이의 눈에는 '정갈한 마루'와 '저녁 햇살'이 반짝 들어오는데요. 차마 세를 놓으라는 말도 꺼내지 못하고 나오게 됩니다. 하지만 방을 구하려던 이는 "빈방을 마음으로는 늘 쓰고 있다"는 아주머니의 말 속에 "이미 세 들어 살기 시작"합니다.

 「방을 얻다」에 나오는 아주머니가 한 말을 찾아 소리 내어 읽어 보며 구수한 말맛을 느껴 볼까요?

전봇대는 혼자다

● 장철문

말라깽이 전봇대는 꼿꼿이 서서
혼자다

골목 귀퉁이에 서서
혼자다

혼자라서
팔을 길게 늘여
다른 전봇대와 손을 잡았다

팔을 너무 늘여서
줄넘기 줄처럼 가늘어졌다

밤에는 보이지 않아서
서로 여기라고
불을 켠다

• 교과서(동아2-1)에서는 발표 당시의 시 「전봇대」(장철문 외 48인 「전봇대는 혼자다」, 사계절 2015)를 저본으로 삼았으나, 이 책에서는 그 후 시인이 제목과 본문 일부를 수정한 「전봇대는 혼자다」(장철문 「자꾸 건드리니까」, 사계절 2017)를 저본으로 삼았다.

서로 맞잡은 손과 손으로
기운이 번져서
사람의 집에도 불이 켜진다

이 시를 읽고 정말 전봇대가 혼자 서 있는지 살펴보았어요. 사람이 사는 곳이라면 어디든지 서 있는 전봇대.

우리가 늘 지나는 길목에서 전봇대의 존재를 알아채고 전봇대의 행렬을 보면서 묵상에 잠기는 일은 참 드물 거예요. 특히 전봇대는 혼자지만 여럿이 함께 손을 잡고 있고, 그 기운이 사람들에게까지 미친다는 것을 발견하는 시인의 눈이 놀랍지요. 일상 속에서 무심히 지나치는 전봇대를 통해 어떤 깨달음을 얻는 순간입니다. 겉으로는 말라깽이 전봇대 하나에 불과하지만, 그들 덕분에 어둠도 거뜬히 몰아내고 가족들이 모여 오순도순 저녁밥도 지어 먹습니다. 읽을수록 따뜻하고 푸근해지는 시네요.

'전봇대는 혼자다'라는 제목을 통해 시인이 말하고자 하는 것은 무엇일까요?

아름다운 사람

● 나태주

아름다운 사람
눈을 둘 곳이 없다
바라볼 수도 없고
그렇다고 아니 바라볼 수도 없고
그저 눈이
부시기만 한 사람.

참 궁금해요. 시인에게 이렇게 아름다운 사람은 누구일까? 도통 그 사람을 바라볼 수도, 그렇다고 아니 바라볼 수도 없는. 뭐가 아름답다는 것일까요? 아마도 시인이 말한 아름다운 사람은 온통 눈이 부셔 제 마음으로밖에 볼 수 없는 이 같아요.

'풀꽃 시인'으로 불리는 나태주 시인은 마음을 울리는 맑은 시를 많이 썼어요. 어렵고 딱딱하게만 느껴졌던 시를 쉽게 풀어내어 독자들에게 다가갔지요. 「아름다운 사람」이 실린 그의 시집 『꽃을 보듯 너를 본다』(지혜 2015)는 블로그나 트위터에 자주 오르내리는, 독자들이 고른 특별한 시집이라고 시인은 말합니다. 아름다운 사람을 찾는 것, 아름다운 사람이 되는 것. 모두 독자들의 몫이네요.

 나에게 아름다운 사람은 누구인가요? 그 사람의 어떤 면이 아름답게 느껴지는지 써 봅시다.

독(毒)은 아름답다

● 함민복

은행나무 열매에서 구린내가 난다
주의해 주세요 구린내가 향기롭다

밤톨이 여물면서 밤송이가 따가워진다
날카롭게 찌르는 가시가 너그럽다

복어 알을 먹으면 죽는다
복어의 독이 복어의 사랑이다

자식을 낳고 술을 끊은 친구가 있다
친구의 독한 마음이 아름답다

시인의 새로운 시선이 그저 놀라울 뿐인데요. 사람의 입장에서야 은행나무 열매에서 풍기는 냄새는 그저 피하고만 싶은 구린내에 불과하겠지만 구린내 덕에 열매를 지켜 낼 수 있는 은행나무의 입장에서는 그 냄새가 얼마나 향기롭겠는지요. 또한, 밤송이는 맨손으로 만질 수도 없을 만큼 따끔따끔 따가운데요. 그 날카로운 가시 덕분에 밤송이 안의 밤톨은 무사할 수 있으니 그 가시가 어찌 너그러운 존재가 아닐 수 있겠는지요. 마찬가지로 복어가 복어 알을 사랑하는 마음이 없다면 굳이 독을 만들 필요가 없겠지요? 자식을 조금이라도 더 잘 키우기 위해 독하게 마음먹고 술을 끊은 친구 또한 아름다워 보이기만 합니다.

「독은 아름답다」에는 자식을 잘 키우고 싶어서 자식을 낳고 독하게 술을 끊은 친구가 나오는데요. 여러분도 좀 더 나은 모습으로 생활하기 위해 독한 마음을 먹고 줄이거나 하지 않는 것이 있나요?

나룻배와 행인

● 한용운

나는 나룻배
당신은 행인

당신은 흙발로 나를 짓밟습니다
나는 당신을 안고 물을 건너갑니다
나는 당신을 안으면 깊으나 옅으나 급한 여울이나 건너갑
니다

만일 당신이 아니 오시면 나는 바람을 쐬고 눈비를 맞으며
밤에서 낮까지 당신을 기다리고 있습니다
당신은 물만 건너면 나를 돌아보지도 않고 가십니다그려
그러나 당신이 언제든지 오실 줄만은 알아요
나는 당신을 기다리면서 날마다 날마다 낡아 갑니다

나는 나룻배
당신은 행인

• **행인**(行人) 길을 가는 사람.
• **여울** 강이나 바다의 바닥이 얕거나 폭이 좁아 물살이 세게 흐르는 곳.

'나'(나룻배)와 '당신'(행인). 이 시에 등장하는 두 사람의 관계는 어떠한가요? 화자인 '나'는 '당신'을 기다리며 무한한 사랑을 베풉니다. 하지만 '당신'은 '나'에게 아무런 관심이 없지요. 심지어 흙발로 '나'를 짓밟고, 물을 건너기만 하면 돌아보지도 않고 가 버리네요. 그래도 '나'는 '당신'이 언제든 오실 줄 알기 때문에 날마다 눈비를 맞으며 기다립니다.

'당신'은 누구일까요? 그것은 사랑하는 연인일 수도 있고, 조국이나 민족일 수도 있으며, 중생(衆生)이 될 수도 있겠지요. 그런데 여기서 중요한 것은 '당신'을 향한 '나'의 마음과 태도가 어떠하냐는 것이지요. 그것은 한마디로 희생, 헌신, 기다림, 인내 등이 아닐까요.

「나룻배와 행인」을 읽고 한 편의 모방 시를 써 봅시다.

고향

● 백석

나는 북관에 혼자 앓아누워서

어느 아침 의원을 뵈이었다

의원은 여래 같은 상을 하고 관공의 수염을 드리워서

먼 옛적 어느 나라 신선 같은데

새끼손톱 길게 돋은 손을 내어

묵묵하니 한참 맥을 짚더니

문득 물어 고향이 어데냐 한다

평안도 정주라는 곳이라 한즉

그러면 아무개 씨 고향이란다

그러면 아무개 씰 아느냐 한즉

의원은 빙긋이 웃음을 띠고

막역지간이라며 수염을 쓴다.

나는 아버지로 섬기는 이라 한즉

의원은 또다시 넌즈시 웃고

말없이 팔을 잡아 맥을 보는데

- **북관(北關)** '함경도'의 다른 이름.
- **여래(如来)** '부처'를 달리 이르는 말.
- **관공(關公)** 중국 촉나라 장수 '관우(關羽)'를 높여 부르는 말.
- **막역지간(莫逆之間)** 서로 거스르지 않는 사이라는 뜻으로, 허물이 없는 친한 사이를 이르는 말.

손길은 따스하고 부드러워

고향도 아버지도 아버지의 친구도 다 있었다

지금은 고향을 묻는 일이 드물었지만 예전엔 그렇지 않았지요. 몸이 아파 혼자 앓던 화자는 어느 아침에 의원을 찾아갑니다. 의원은 "먼 옛적 어느 나라 신선"같이 생겼군요. 한참 맥을 짚던 의원은 문득 고향이 어디냐고 묻습니다. 평안도 정주라는 곳이라 하니 '아무개 씨 고향'이라고 합니다. 그 아무개 씨는 의원과는 허물없이 지내는 사이이고, 화자에게는 "아버지로 섬기는 이"입니다. 고향의 '아무개 씨' 얘기를 통해 의원과 화자는 좀 더 친밀해지는 느낌인데요. 화자는 이미 고향 생각에 젖어 든 것일까요. 말없이 맥을 보는 의원의 따스하고 부드러운 손길 속에 "고향도 아버지도 아버지의 친구도 다 있었다"고 합니다.

 「고향」에는 의원과 화자가 제법 가까워진 느낌이 있는데요. 의원과 화자가 친밀감을 느끼게 하는 계기가 되는 인물은 누구일까요?

별 헤는 밤

● 윤동주

계절이 지나가는 하늘에는
가을로 가득 차 있습니다.

나는 아무 걱정도 없이
가을 속의 별들을 다 헤일 듯합니다.

가슴속에 하나 둘 새겨지는 별을
이제 다 못 헤는 것은
쉬이 아침이 오는 까닭이요,
내일 밤이 남은 까닭이요,
아직 나의 청춘이 다하지 않은 까닭입니다.

별 하나에 추억과
별 하나에 사랑과
별 하나에 쓸쓸함과
별 하나에 동경과
별 하나에 시와

• **헤는** 사물의 수효를 헤아리거나 꼽는. '헤다'는 '세다'의 사투리.

별 하나에 어머니, 어머니,

어머님, 나는 별 하나에 아름다운 말 한마디씩 불러 봅니다. 소학교 때 책상을 같이했던 아이들의 이름과, 패(佩), 경(鏡), 옥(玉) 이런 이국 소녀들의 이름과, 벌써 애기 어머니가 된 계집애들의 이름과, 가난한 이웃 사람들의 이름과, 비둘기, 강아지, 토끼, 노새, 노루, 프랑시스 잠, 라이너 마리아 릴케, 이런 시인의 이름을 불러 봅니다.

이네들은 너무나 멀리 있습니다.
별이 아슬히 멀듯이,

어머님,
그리고 당신은 멀리 북간도에 계십니다.

나는 무엇인지 그리워서

이 많은 별빛이 내린 언덕 위에
내 이름자를 써 보고,
흙으로 덮어 버리었습니다.

딴은 밤을 새워 우는 벌레는
부끄러운 이름을 슬퍼하는 까닭입니다.

그러나 겨울이 지나고 나의 별에도 봄이 오면
무덤 위에 파란 잔디가 피어나듯이
내 이름자 묻힌 언덕 위에도
자랑처럼 풀이 무성할 게외다.

윤동주 시인은 일제 강점기 만주 북간도에서 태어나 1942년 일본으로 유학한 후, 독립운동 혐의로 일본 경찰에게 붙잡혀 해방을 여섯 달 앞둔 무렵 옥사했습니다. 그가 생전에 써 둔 원고가 『하늘과 바람과 별과 시』라는 시집으로 간행되면서 그의 시와 삶이 세상에 알려지게 되지요.

시인은 별을 헤아리며 어린 시절 친구들과 가난한 이웃들, 외국 시인들의 이름을 하나하나 불러 보고 있네요. 타향에 있는 외로운 시인에게 별은 추억을 떠올리게 하고 그리운 어머니를 연결해 주는 매개체이지요. 시인은 왠지 암울하고 기분이 가라앉아 있어요. 하지만 겨울이 지나고 자신의 별에도 봄이 올 것이라 믿어 의심치 않습니다. 봄이 오면 부끄러운 자신의 이름자 묻힌 언덕 위에도 자랑처럼 풀이 무성할 거라고 확신하고 있어요.

 밤하늘의 별을 헤아리며, 여러분이 소망하는 것이나 추억할 만한 것을 「별 헤는 밤」 4연처럼 적어 보세요.

별 하나에 (　　)과/와
별 하나에 (　　)과/와
별 하나에 (　　)과/와
별 하나에 (　　)과/와
별 하나에 (　　)과/와
별 하나에 (　　), (　　),

까마귀 검다 하고

● 이직

까마귀 검다 하고 백로야 웃지 마라
겉이 검은들 속조차 검을쏘냐
겉 희고 속 검을손 너뿐인가 하노라.

• **검을쏘냐** 검을 리가 있느냐.
• **검을손** 검은 것.

겉은 한없이 깨끗해 보이는데 속은 전혀 그렇지 못한 사람이 있습니다. 그런 사람과는 잠시 같이 있는 것만으로도 힘들게 느껴질 때가 있는데요. 이직의 「까마귀 검다 하고」는 겉과 속이 다른 이를 비판하고 있습니다. 작가는 백로에게 감히 "웃지 마라" 말하고 있는데요. '겉이 검다고 해서 속조차 검을 리가 있느냐'고 반문하면서 "겉 희고 속 검은손 너뿐인가 하노라" 말하고 있습니다. 이 시조는 조선의 개국 공신인 이직이 역사적 대의를 외면하는 고려 충신들을 비판코자 지었다 하는데요. 고려 왕조를 지키고자 하는 이들에게서 변절자로 몰리게 된 이직의 처지를 떠올려 보면서 이 시조를 읽으면 더욱 좋겠습니다.

「까마귀 검다 하고」에서 '겉으로 드러나는 말이나 행동이 속과 다르다(겉으로는 충신인 척하지만 알고 보면 그렇지 않다).'는 것을 말하고 있는 시행에 밑줄을 그어 볼까요?

4부

따뜻한 저녁

세상에서 가장 따뜻했던 저녁

● 복효근

어둠이 한기처럼 스며들고
배 속에 붕어새끼 두어 마리 요동을 칠 때

학교 앞 버스 정류장을 지나는데
먼저 와 기다리던 선재가
내가 멘 책가방 지퍼가 열렸다며 닫아 주었다.

아무도 없는 집 썰렁한 내 방까지
붕어빵 냄새가 따라왔다.

학교에서 받은 우유 꺼내려 가방을 여는데
아직 온기가 식지 않은 종이봉투에
붕어가 다섯 마리

내 열여섯 세상에
가장 따뜻했던 저녁

여러분에게 가장 따뜻했던 저녁은 언제였나요? 제목을 보면서 가족이 옹기종기 모인 오붓한 저녁 시간일 거라고 짐작했는데, '선재'라는 열여섯 살 친구 이야기네요. 어둡고, 배고프고, 아무도 없는 썰렁한 집에서 온기가 식지 않은 붕어빵을 가방에서 발견한 '나'는 얼마나 행복했을까요? 붕어빵 몇 개가 화자의 허기를 잠재울 수는 없겠지만, 친구가 보낸 그 마음의 온기는 허기를 버틸 수 있는 충분한 힘이 될 수 있을 것 같아요. 외롭고 쓸쓸했던 저녁이 '가장 따뜻했던 저녁'으로 변하는 순간, 선재의 따뜻한 붕어빵을 우리도 하나씩 얻어먹은 기분이 들어요.

아~! 선재 같은 친구 하나 있으면 얼마나 좋을까요.

 나에게 가장 따뜻했던 저녁은 언제였나요? 그때를 회상하며 왜 따뜻했는지 적어 보아요.

성탄제

● 김종길

어두운 방 안엔
바알간 숯불이 피고,

외로이 늙으신 할머니가
애처로이 잦아드는 어린 목숨을 지키고 계시었다.

이윽고 눈 속을
아버지가 약을 가지고 돌아오시었다.

아 아버지가 눈을 헤치고 따 오신
그 붉은 산수유 열매―

나는 한 마리 어린 짐생,
젊은 아버지의 서느런 옷자락에
열(熱)로 상기한 볼을 말없이 부비는 것이었다.

• 성탄제(聖誕祭) 성탄절. 크리스마스.

이따금 뒷문을 눈이 치고 있었다.
그날 밤이 어쩌면 성탄제의 밤이었을지도 모른다.

어느새 나도
그때의 아버지만큼 나이를 먹었다.

옛것이란 거의 찾아볼 길 없는
성탄제 가까운 도시에는
이제 반가운 그 옛날의 것이 내리는데,

서러운 서른 살 나의 이마에
불현듯 아버지의 서느런 옷자락을 느끼는 것은,

눈 속에 따 오신 산수유 붉은 알알이
아직도 내 혈액 속에 녹아 흐르는 까닭일까.

• **뒷문을 눈이 치고** 뒷문에 눈이 들이치고.

성탄절이 가까워 오는 도시에 눈이 내리고 있습니다. 어느덧 유년 시절의 아버지만큼 나이를 먹은 화자는 성탄절 무렵의 유년 시절을 돌이켜 보고 있는데요. 어두운 방 안에는 "바알간 숯불"이 피워져 있고, 늙으신 할머니가 "어린 목숨"을 지키고 있습니다. 아버지는 눈을 헤치고 "그 붉은 산수유 열매"를 따 오시는데요. 어린 나는 "젊은 아버지의 서느런 옷자락에/열(熱)로 상기한 볼을 말없이" 부빕니다. 뒷문으로 눈이 들이치던 그날 밤이 성탄절의 밤이었을지도 모르는데요. 만일 그날, 아버지가 산수유 열매를 구해 오지 않았다면 어린 나는 어떻게 되었을까요? 아버지의 사랑에 대해서 다시 한번 생각해 보게 하는 시입니다.

지금까지 살아오면서 한 번 정도는 몸이 아프기도 했을 텐데요. 내가 아팠을 때 가족이나 친구가 어떻게 대해 줬는지 따뜻한 손길을 느꼈던 기억을 떠올려 보면서 3~4줄 정도로 써 볼까요?

별

● 정진규

별들의 바탕은 어둠이 마땅하다
대낮에는 보이지 않는다
지금 대낮인 사람들은
별들이 보이지 않는다
지금 어둠인 사람들에게만
별들이 보인다
지금 어둠인 사람들만
별들을 낳을 수 있다

지금 대낮인 사람들은 어둡다

요즈음 들어 별을 바라본 적이 있나요? 가끔은 밤하늘의 별도 올려다보면서 사는 삶을 살면 좋을 텐데요. 별은 어느 때고 떠 있지만, 어둠이 깔리는 저녁에 닿아서야 드러나는 존재이지요. 내가 기꺼이 어두운 곳에 들어 어둠과 섞여 있어 봐야 비로소 낮고 환하게 반짝반짝 바짝바짝 눈에 들어오는 존재, 별. 그래서 시인은 "지금 어둠인 사람들에게만/별들이 보인다"고 했을까요? 자신의 행복에 겨워 오로지 '대낮'에만 자신을 두려고 하는 사람은 다른 이의 아픔이나 슬픔 같은 것을 결코 보지 못할 텐데요. 이 세상 어둠과 함께하는 사람이 되어 진정한 행복도 진정한 빛과 희망도 보게 되면 좋겠습니다.

 「별」에서 "어둠인 사람들"과 대조되는 2어절의 시어를 찾아볼까요?

배꼽을 위한 연가 5

• 김승희

인당수에 빠질 수는 없습니다
어머니,
저는 살아서 시를 짓겠습니다

공양미 삼백 석을 구하지 못하여
당신이 평생을 어둡더라도
결코 인당수에 빠지지는 않겠습니다
어머니,
저는 여기 남아 책을 보겠습니다

나비여,
나비여,
애벌레가 나비로 날기 위하여
누에고치를 버리는 것이
죄입니까?
하나의 알이 새가 되기 위하여
껍질을 부수는 것이
죄일까요?

그 대신 점자책을 사 드리겠습니다
어머니,
점자 읽는 법도 가르쳐 드리지요

우리의 삶은 모두 이와 같습니다
우리들 각자가 배우지 않으면 안 되는
외국어와 같은 것—
어디에도 인당수는 없습니다
어머니,
우리는 스스로 눈을 떠야 합니다

심청은 효를 대표하는 여인이지요. 「배꼽을 위한 연가 5」는 그런 심청에게 정면으로 반기를 든 시입니다. 어머니를 위해 인당수에 몸을 던지지 않겠다는 '나'의 충격적인 발언이 다소 놀랍지만, 본심을 솔직하고 진지하게 드러낸 것 같아 한편으로 시원하고 통쾌합니다. 어쩌면 시 속의 '어머니'도 화자의 이런 솔직한 목소리를 진정 원했던 것은 아닐까요?

나비와 새가 날기 위해 누에고치와 알을 깨고 나오는 것, 화자가 자신이 추구하는 삶을 위해 인당수에 빠지지 않겠다고 선언하는 것, 어머니가 스스로 점자책을 읽기 위해 용기를 내는 것은 결국 같은 이치네요. 어디에도 없는 인당수에 몸을 던지지 말고 현실을 똑바로 직시하라는 화자의 매서운 목소리에 소름이 돋습니다. 혹시 우리는 나 스스로도 눈을 뜨지 못하면서, 다른 사람의 눈을 뜨게 한다는 어리석음에 빠져 있는 것은 아닌지, 등짝에 누에고치와 껍질을 여전히 짊어지고 살아가는 것은 아닌지 깊이 생각해 볼 일입니다.

 「배꼽을 위한 연가 5」에서 우리의 삶을 "우리들 각자가 배우지 않으면 안 되는/외국어와 같은 것"이라고 표현한 이유는 무엇일까요?

미니 시리즈

• 오은

느닷없이 접촉사고
느닷없이 삼각관계
느닷없이 시기질투
느닷없이 풍전등화
느닷없이 수호천사
느닷없이 재벌 2세
느닷없이 신데렐라
느닷없이 승승장구
느닷없이 이복형제
느닷없이 행방불명
느닷없이 폐암진단
느닷없이 양심고백
느닷없이 눈물바다
느닷없이 무사귀환
느닷없이 갈등해소
느닷없이 해피엔딩

16부작이 끝났습니다

꿈 깰 시간입니다

미니 시리즈는 짧은 횟수로 이루어지는 텔레비전 드라마로, 단막극이나 오랜 기간에 걸쳐 방영하는 연속극의 중간쯤 될 텐데요. 오은 시인의 「미니 시리즈」를 읽고 나니 마치 16부작으로 이루어진 미니 시리즈 전체를 순식간에 다 본 것 같은 느낌이 듭니다. 시인은 어떻게 16부작이 되는 내용을 이렇듯 간결하게 요약하여 보여 줄 수 있는 걸까요. 미니 시리즈를 좀 본 적이 있는 사람이라면, 시를 읽으면서 반전이 일어나던 텔레비전 속 장면을 떠올려 보기도 했을 텐데요. 그 장면 중에는 분명 1연 1행의 '접촉사고'에서부터 16행의 '해피엔딩'에 이르는 장면과 겹치는 부분이 있었을 것입니다. 자, 그럼 이제 "꿈 깰 시간"인가요.

나도 「미니 시리즈」의 주인공이 되어 볼까요. 내가 만일 '느닷없이 수호천사'가 된다면 가장 먼저 어떤 일을 하고 싶은가요?

모진 소리

● 황인숙

모진 소리를 들으면
내 입에서 나온 소리가 아니더라도
내 귀를 겨냥한 소리가 아니더라도
모진 소리를 들으면
가슴이 쩌엉한다
온몸이 쿡쿡 아파 온다
누군가의 온몸을
가슴속부터 쩡 금 가게 했을
모진 소리

나와 헤어져
덜컹거리는 지하철에서
고개를 수그리고
내 모진 소리를 자꾸 생각했을
내 모진 소리에 무수히 정 맞았을
누군가를 생각하면
모진 소리,

● 정 돌을 쪼아서 다듬는, 쇠로 만든 연장.

늑골에 정을 친다
쩌어엉 세상에 금이 간다.

「모진 소리」는 쉽게 읽히는 시인데, 쩡하고 가슴에 금 가는 소리가 오래도록 남아 있네요. 온몸이 아픈 것처럼 멍하기도 하고요. 시인의 말이 고스란히 내 가슴에 남아 꼼짝달싹 못 하게 하네요. 세상에 태어나 모진 소리 한 번 듣지 않고, 또 모진 소리 한 번 해 본 적 없는 사람이 있을까요. 화자인 '나'도 자신이 한 모진 소리에 고개를 수그린 누군가를 생각하면서 마음이 무겁고 아픈가 봅니다. 모진 소리에 금이 간 상처가 어떤 것인지 잘 알 거예요. 다른 사람의 가슴에 정을 치는 말보다 살맛 나게 하는 말, 새살 돋듯 힘 나는 말, 따뜻하고 용기를 주는 말이 이 세상 곳곳에 울려 퍼졌으면 좋겠어요.

누군가에게 한 번이라도 모진 소리를 한 적이 있을 거예요. 그 사람을 생각하며 위로의 편지를 써 봅시다.

자동문 앞에서

• 유하

이제 어디를 가나 아리바바의 참깨
주문 없이도 저절로 열리는
자동문 세상이다
언제나 문 앞에 서기만 하면
어디선가 전자 감응 장치의 음흉한 혀끝이
날름날름 우리의 몸을 핥는다 순간
스르르 문이 열리고 스르르 우리들은 들어간다
스르르 열리고 스르르 들어가고
스르르 열리고 스르르 나오고
그때마다 우리의 손은 조금씩 퇴화되어 간다
하늘을 멀뚱멀뚱 쳐다만 봐야 하는
날개 없는 키위새
머지않아 우리들은 두 손을 잃고 말 것이다
정작, 두 손으로 힘겹게 열어야 하는
그,
어떤,
문 앞에서는,

• **키위새** 날개와 꼬리가 퇴화되어 날지 못하는 새.

키위키위 울고만 있을 것이다

하루가 다르게 빠른 속도로 변화하고 발전하는 현대 문명으로 인해 사람이 하던 일을 최첨단 장비가 대신하는 시대인데요. 시인은 자동으로 열리고 닫히는 자동문을 보면서 비판 없이 수용되는 현대 문명을 경계하고 있습니다. 우리가 따로 손을 쓰지 않아도 되는 자동문을 통과할 때마다 "우리의 손은 조금씩 퇴화되어 간다"고 시인은 말하고 있는데요. 날개와 꼬리가 퇴화하여 날지 못하고 "하늘을 멀뚱멀뚱 쳐다만 봐야 하는" 키위새를 보여 주면서 "머지않아 우리들은 두 손을 잃고 말 것"이라는 경고도 하고 있습니다. 생각만으로도 끔찍한데요. 시인의 말에 귀를 기울여 봐야 할 것 같습니다.

시적 대상을 다른 비슷한 현상이나 사물에 빗대어서 표현하는 것을 '비유'라고 하는데요. 「자동문 앞에서」를 다시 한 번 읽어 보면서 '두 손을 잃고 말 현대인의 모습'을 비유적으로 표현하고 있는 3어절의 시구를 찾아 써 보세요.

먼 후일

● 김소월

먼 훗날 당신이 찾으시면
그때에 내 말이 '잊었노라'

당신이 속으로 나무라면
'무척 그리다가 잊었노라'

그래도 당신이 나무라면
'믿기지 않아서 잊었노라'

오늘도 어제도 아니 잊고
먼 훗날 그때에 '잊었노라'

속마음은 그렇지 않은데, 본심을 숨기고 반대로 말하는 시를 앞에서 읽었지요? 맞아요, 「진달래꽃」이에요. 「먼 후일」과 「진달래꽃」은 모두 반어적 표현으로 화자의 감정을 표현했어요. 화자는 누군가를 사랑하지만 헤어져 떠나보낼 수밖에 없는 처지에 놓인 모양이에요. 헤어짐은 그리움을 낳지만 시간이 오래 흐르면 그 사람을 차츰 잊게 되지요. 이 시는 각 연마다 "잊었노라"는 말을 반복하면서 잊었다는 것을 단단히 강조하네요. 그런데 정말 잊은 걸까요? 잊었다는 말을 되풀이할수록 화자의 기다림과 당신에 대한 그리움이 더 절절하게 느껴지는 것은 어인 일일까요. 사실 '당신'을 잊는 것은 제목처럼 '먼 후일'에 일어날 일이지요. 먼 후일에 잊었노라는 말은 언제일지 모를 '먼 훗날'까지 당신을 결코 잊지 못한다는 뜨거운 사랑의 고백이겠지요.

'반어(反語)'란 실제 의도를 감춘 채 그 의도와 반대되는 뜻의 말을 하는 표현 방법입니다. 말하고자 하는 것을 실제와 반대로 이야기하며 나의 의도를 더 강조했던 경험을 떠올려 보고 짧게 적어 봅시다.

북어

● 배우식

사람한테 잡혀가도 입을 크게 벌리고만 있으면 산다고 아버지한테 귀 닳도록 들었습니다 사람한테 잡혀가도 눈을 크게 부라리고만 있으면 사람들이 겁먹고 도망간다고, 눈을 똑바로 뜨고만 있으면 사람들이 무서워서 벌벌 떨며 도망간다고 아버지한테 귀 빠지게 들었습니다 잘 보이지는 않지만, 눈 하나 깜빡대지 않고 크게 뜨고 있는 내가 무섭지요 벌벌 떨리지요?

말린 명태를 북어라고 하는데요. 입을 크게 벌린 채 바짝 말라 있는 북어를 어시장이나 시장 골목에서 어렵지 않게 만나곤 했을 텐데요. 어때요. 이런 북어가 무섭나요? 배우식 시인의 「북어」에서는 화자가 북어인데요. 사람한테 잡히더라도 "입을 크게 벌리고만 있으면 산다고 아버지한테 귀 닳도록" 들었다고 합니다. "눈을 똑바로 뜨고만 있으면 사람들이 무서워서 벌벌 떨며 도망간다고 아버지한테 귀 빠지게" 들었다고도 하면서 말이지요. 한데, 어떻습니까. 이미 잡혀 와 말려진 북어가 두려운 존재로 보이나요? 보기만 해도 벌벌 떨리나요? 좀 우스워 보이긴 해도 어쨌든 "눈 하나 깜빡대지 않고 크게 뜨고 있는" 북어입니다.

「북어」에 나오는 북어에게 한마디 해 준다면 무슨 말을 해 주고 싶은가요?

코뿔소

최승호

그렇소
나는 코뿔소
코에 뿔이 났소
창 같지 않소
멋지지 않소
그렇소
나는 코뿔소
내 가죽은 갑옷처럼 튼튼하오
무장한 무사 같지 않소
무섭지 않소
얼른 길을 비키시오

"얼른 비키시오. 코뿔소의 저 무서운 기세 모르겠소?
얼른 비키지 않으면 창같이 날카로운 뿔에 앞가슴이라
도 곧 찔릴 듯하오."

「코뿔소」는 '−소'를 반복적으로 행의 끝에 배열하여 경쾌한 리듬
감을 주면서 말장난하듯 재밌게 쓴 말놀이 동시입니다. 코뿔소는
오늘날 지구 생태계에서 사라져 가는 동물 중의 하나예요. 진화하
지 못해 사라져 가는 동물이 아니라 뿔과 가죽을 얻으려는 인간들
의 무분별한 살육으로 사라져 가는 멸종 위기의 동물이라고 하니
참 마음이 아프네요.

 「코뿔소」에 화답하는 4행시를 짓되, 행의 끝에 '−소'를 넣어 운율감
을 살려 보세요.

감장새 작다 하고

● 이택

감장새 작다 하고 대붕아 웃지 마라
구만리장천을 너도 날고 저도 난다
두어라 일반 비조니 너나 그냐 다르랴

현대어 풀이

감장새가 작다고 대붕아 비웃지 마라
구만리 넓은 하늘을 너도 날고 감장새도 난다
날아다니는 새이기는 마찬가지니 너나 그나 무엇이 다르
랴

- **감장새** 몸집이 작고 거무튀튀한 새. 굴뚝새. 먹새.
- **대붕(大鵬)** 붕새. 매우 크고 단숨에 구만 리(里)를 난다는 상상의 새.
- **구만리장천(九萬里長天)** 넓고 높은 하늘.
- **두어라** 옛 시가에서, 어떤 일이 필요하지 아니하거나 스스로의 마음을 달랠 때 영탄조로 하는 말.
- **일반 비조(一般飛鳥)** 다 같은 날짐승. 하늘을 나는 새이기는 마찬가지.

감장새는 굴뚝새를 말하는데 몸집이 작은 새입니다. 대붕은 봉새라고도 하는데 매우 큰 상상 속의 새이고요.

이 두 새는 분명 겉으로는 달라 보일 텐데요. 그럼에도 하늘을 날아다닌다는 점에서 본다면 별반 다를 게 없어 보입니다. 그러니 감장새가 작다고 해서 대붕이 비웃으면 안 되겠지요. 이 시조를 지은 이택은 아마도 이 점을 말하고 싶었을 것 같은데요. 마찬가지로 같은 사람끼리, 가진 게 좀 있다고 해서 많이 갖지 못한 사람을 얕보면 안 되겠지요. 아참, 이택은 조선 후기의 무신인데요. 당시 문신을 높이 평가하려는 세태를 꼬집으며 무신이나 문신이나 다를 게 없다는 것을 말하고 싶었는지도 모르겠습니다.

 「감장새 작다 하고」에서 "너나 그냐 다르랴"라는 구절이 있는데요. 여기에서 '너'는 어떤 새이고, '그'는 어떤 새일까요?

너: (   )
그: (   )

까마귀 싸우는 골에

● 정몽주의 어머니

까마귀 싸우는 골에 백로야 가지 마라
성난 까마귀 흰빛을 시샘하니
청강에 맑게 씻은 몸 더럽힐까 하노라

• **청강**(淸江) 맑고 푸른 강.

이 시조는 정몽주의 어머니인 영천 이씨가 지은 것으로 알려져 있어요. 정몽주는 고려를 끝까지 지키려 했던 고려 말의 충신이지요. 고려 공양왕 때 이성계 일파의 세력이 날로 커지면서 그의 아들 이방원의 지지 세력에 의해 선죽교에서 죽임을 당하지요. 이 시조는 정몽주의 어머니가 쓰러져 가는 고려의 운명을 되돌리려고 애쓰는 아들을 위해 지은 것인데, 이방원이 잔치를 베풀고 정몽주를 초대했을 때 아들에게 지어 주었다고 전합니다. 새로운 세력이 나타나고 그 세력을 좇는 변절자들이 권력을 쥐는 세상에서, 아들이 세속의 명예와 잇속을 챙기며 구차하게 살기보다 곧은 지조와 절개를 지니기를 바라는 어머니의 기개에 고개가 절로 숙여지네요.

고려 말의 정치적 상황을 고려할 때, 「까마귀 싸우는 골에」에 나오는 '까마귀'와 '백로'는 누구를 상징하는지 적어 봅시다.

시인 소개

강정안 1930~ 동요시인. 경기도 장단에서 태어남. 동국대학교 정치학과 졸업. 1952
년부터 『조선일보』 『서울신문』 등에 작품을 발표함. 동요집 『샘물』이 있음.

경종호 1968~ 시인. 2005년 전북일보 신춘문예에 시가 당선되고, 2014년 『동시마
중』에 동시를 발표하며 작품 활동을 시작함. 동시집 『천재 시인의 한글 연구』가 있음.

기형도 1960~1989 시인. 경기 연평도에서 태어남. 연세대학교 정치외교학과 졸업.
1985년 동아일보 신춘문예에 시가 당선되어 등단함. 서울 종로의 한 극장에서 뇌졸
중으로 요절함. 죽은 뒤에 시집 『입 속의 검은 잎』이 나왔고, 시와 산문을 모두 엮은
『기형도 전집』이 간행됨.

김소월 1902~1934 시인. 본명은 정식(廷湜). 평안북도 구성에서 태어남. 오산학교와
배재고보 졸업. 오산학교 교사였던 김억의 지도와 영향으로 시를 쓰기 시작해 1920
년 『창조』에 시를 발표하며 문학 활동을 시작함. 시집 『진달래꽃』을 펴냄.

김승희 1952~ 시인. 전남 광주에서 태어남. 서강대학교 영문학과와 같은 학교 대학
원 국문학과 졸업. 1973년 경향신문 신춘문예에 시가, 1994년 동아일보 신춘문예에
소설이 당선되어 등단함. 시집 『태양미사』 『왼손을 위한 협주곡』 『미완성을 위한 연
가』 『달걀 속의 생』 『빗자루를 타고 달리는 웃음』 『냄비는 둥둥』, 소설집 『산타페로
가는 사람』 등이 있음.

김종길 1926~2017 시인, 비평가, 영문학자. 경북 안동에서 태어남. 고려대학교 영문
학과를 졸업하고 같은 학교 교수를 지냄. 1947년 경향신문 신춘문예로 등단함. 시집
『성탄제』 『하회에서』 『달맞이꽃』 『해가 많이 짧아졌다』 『해거름 이삭줍기』 등이
있음.

나태주 1945~ 시인. 충남 서천에서 태어남. 공주사범학교를 졸업하고 교사로 일함.
1971년 서울신문 신춘문예 시가 당선되어 등단함. 시집 『대숲 아래서』 『누님의 가
을』 『막동리 소묘』 『변방』 『굴뚝각시』 『슬픔에 손목 잡혀』 『이야기가 있는 시집』 등
이 있음.

나희덕 1966~ 시인. 충남 논산에서 태어남. 연세대학교 국문학과 졸업. 1989년 중앙일보 신춘문예에 시가 당선되어 등단함. 시집으로『뿌리에게』『그 말이 잎을 물들였다』『그곳이 멀지 않다』『어두워진다는 것』『사라진 손바닥』『야생사과』『말들이 돌아오는 시간』『파일명 서정시』 등이 있음.

문삼석 1941~ 시인. 전남 구례에서 태어남. 광주사범학교를 졸업하고 교사로 일함. 1963년 조선일보 신춘문예에 동시가 당선되어 등단함. 동시집『산골 물』『가을 엽서』『이슬』『별』『빗방울은 즐겁다』『아가야 아가야』『바람과 빈 병』『우산 속』『도토리 모자』 등이 있음.

배우식 1952~ 시인. 충남 천안에서 태어남. 중앙대학교 예술대학원 문학예술학과 석사 과정 및 같은 학교 일반대학원 문예창작학과 박사 과정을 수료함. 2009년 조선일보 신춘문예를 통해 등단함. 시집『그의 몸에 환하게 불을 켜고 싶다』, 시조집『인삼반가사유상』 등이 있음

백석 1912~1995 시인. 본명은 백기행. 평안북도 정주에서 태어남. 일본 아오야마(靑山) 학원 영문과를 졸업하고 조선일보 기자와 함흥 영생여고 영어 교사를 지냄. 1935년 조선일보에 시를 발표하며 작품 활동을 시작함. 시집『사슴』, 동화시집『집게네 네 형제』가 있음.

복효근 1962~ 시인. 전남 남원에서 태어남. 전북대학교 국어교육과 졸업하고 교사로 일함. 1991년『시와 시학』에 시를 발표하며 작품 활동을 시작함. 시집『당신이 슬플 때 나는 사랑한다』『버마재비 사랑』『새에 대한 반성문』『누우 떼가 강을 건너는 법』『목련꽃 브라자』『마늘 촛불』『따뜻한 외면』, 청소년시집『운동장 편지』 등이 있음.

서정홍 1958~ 시인. 경남 마산에서 태어남. 1990년 마창노련 문학상, 1992년 전태일 문학상을 받으며 작품 활동을 시작함. 시집『58년 개띠』『아내에게 미안하다』『내가 가장 착해질 때』『못난 꿈이 한데 모여』, 청소년시집『감자가 맛있는 까닭』, 동시집『윗몸일으키기』『우리 집 밥상』『닳지 않는 손』『주인공이 무어, 따로 있나』 등이 있음.

안도현 1961~ 시인. 경북 예천에서 태어남. 원광대학교 국문학과 졸업. 1984년 동아일보 신춘문예에 시가 당선되어 등단함. 시집『서울로 가는 전봉준』『모닥불』『외

롭고 높고 쓸쓸한』『그리운 여우』『아무것도 아닌 것에 대하여』『간절하게 참 철없이』『북항』 등이 있으며, 동시집『나무 잎사귀 뒤쪽 마을』『냠냠』『기러기는 차갑다』 등을 펴냄.

오은 1982~ 시인. 전북 정읍에서 태어남. 서울대학교 사회학과를 졸업하고 카이스트 문화기술대학원에서 석사 학위를 받음. 2002년『현대시』를 통해 등단함. 시집『호텔 타셀의 돼지들』『우리는 분위기를 사랑해』『유에서 유』 등이 있음.

유하 1963~ 시인. 전북 고창에서 태어남. 세종대학교 영문학과 및 동국대학교 대학원 연극영화과 졸업. 1988년『문예중앙』을 통해 등단함. 시집『무림일기』『바람 부는 날에는 압구정동에 가야 한다』『세상의 모든 저녁』『세운상가 키드의 사랑』『나의 사랑은 나비처럼 가벼웠다』『천일마화』 등이 있음.

윤동주 1917~1945 시인. 북간도 명동에서 태어남. 연희전문학교 문과를 졸업하고, 일본 도시샤(同志社) 대학 영문학과 재학 중 항일운동을 했다는 혐의로 체포되어 후쿠오카(福岡) 형무소에서 복역하다가 1945년 2월 옥사함. 해방 후 유고 시집『하늘과 바람과 별과 시』가 간행됨.

이면우 1951~ 시인. 대전에서 태어남. 보일러공으로 일하며 시를 써 옴. 시집『저 석양』『아무도 울지 않는 밤은 없다』 등이 있음.

이시영 1949~ 시인. 전남 구례에서 태어남. 서라벌예술대학 문예창작과 졸업. 1969년 중앙일보 신춘문예로 등단함. 시집『만월』『바람 속으로』『무늬』『사이』『은빛 호각』『경찰은 그들을 사람으로 보지 않았다』『호야네 말』『하동』 등이 있음.

이재무 1958~ 시인. 충남 부여에서 태어남. 동국대학교 대학원 국문학과 수료. 1983년『삶의 문학』에 시를 발표하며 작품 활동을 시작함. 시집『섣달 그믐』『온다던 사람 오지 않고』『벌초』『몸에 피는 꽃』『시간의 그물』『위대한 식사』『푸른 고집』『저녁 6시』 등이 있음.

이직 1362~1431 고려 말에서 조선 초기의 문신. 호는 형재(亨齋). 조선 건국을 돕고 초창기의 기초를 다진 공을 세워 영의정까지 오름.『가곡원류』에 시조 한 편이 전하며, 문집『형재 시집』이 있음.

이택 1509~1573 조선 명종 때의 문신. 예조 참판을 지냈고, 청렴하고 검소하게 생활함. 시문에 능했음.

이형기 1933~2005 시인. 경남 진주에서 태어남. 동국대학교 불교학과 졸업. 1949년 『문예』에 시가 추천되어 등단함. 시집 『적막강산』『돌베개의 시』『꿈꾸는 한발』『절벽』『죽지 않은 도시』『존재하지 않는 나무』 등이 있음.

장철문 1966~ 시인. 전북 장수에서 태어남. 연세대학교 국문학과 및 같은 학교 대학원 졸업. 1994년 『창작과비평』에 시를 발표하면서 작품 활동을 시작함. 시집 『바람의 서쪽』『산벚나무의 저녁』『무릎 위의 자작나무』『비유의 바깥』, 동시집 『자꾸 건드리니까』 등이 있음.

정완영 1919~2016 시조시인. 경북 금릉에서 태어남. 1962년 조선일보 신춘문예에 시조가 당선되고, 1967년 동아일보 신춘문예에 동시가 당선되어 등단함. 시조집 『채춘보(採春譜)』『묵로도(墨鷺圖)』『실일(失日)의 명(銘)』, 동시조집 『꽃가지를 흔들 듯이』『엄마 목소리』『가랑비 가랑가랑 가랑파 가랑가랑』『시비약 사비약 사비약 눈』 등이 있음.

정지용 1902~1950 시인. 충북 옥천에서 태어남. 일본 도시샤(同志社) 대학 영문학과 졸업. 1926년 『학조(學潮)』 창간호에 시를 발표하며 작품 활동을 시작함. 한국 전쟁 때 납북되었다가 사망함. 시집 『정지용 시집』『백록담』 등이 있음.

정진규 1939~2017 시인. 경기도 안성에서 태어남. 고려대학교 국문학과 졸업. 1960년 동아일보 신춘문예에 시가 당선되어 등단함. 시집 『마른 수수깡의 평화』『들판의 비인 집이로다』『비어 있음의 충만을 위하여』『별들의 바탕은 어둠이 마땅하다』『몸시』『본색』 등이 있음.

정철 1536~1593 조선 중기의 시인, 정치가. 호는 송강(松江). 가사 문학의 대가. 가사 「관동별곡」「사미인곡」 등을 남김.

정호승 1950~ 시인. 대구에서 태어남. 경희대학교 국문학과 졸업. 1973년 대한일보 신춘문예에 시가 당선되고, 1982년 조선일보 신춘문예에 소설이 당선되어 등단함. 시집 『슬픔이 기쁨에게』『서울의 예수』『별들은 따뜻하다』『눈물이 나면 기차를 타라』『풀잎에도 상처가 있다』『포옹』『여행』『나는 희망을 거절한다』 등이 있음.

정희성 1945~ 시인. 경남 창원에서 태어남. 서울대학교 국문학과와 같은 학교 대학원 졸업. 1970년 동아일보 신춘문예에 시가 당선되어 등단함. 시집 『답청』『저문 강에 삽을 씻고』『한 그리움이 다른 그리움에게』『시를 찾아서』『돌아보면 문득』『그리운 나무』 등이 있음.

조향미 1961~ 시인. 경남 거창에서 태어남. 부산대학교 국어교육과를 졸업하고 교사로 일함. 1984년 무크지 『전망』을 통해 작품 활동을 시작함. 시집으로 『길보다 멀리 기다림은 뻗어 있네』『새의 마음』『그 나무가 나에게 팔을 벌렸다』 등이 있음.

최승호 1954~ 시인. 강원도 춘천에서 태어남. 춘천교육대학 졸업. 1977년 『현대시학』에 시가 추천되어 등단함. 시집 『대설주의보』『고슴도치의 마을』『세속도시의 즐거움』『그로테스크』『아무것도 아니면서 모든 것인 나』『방부제가 썩는 나라』, 동시집 『말놀이 동시집』(전5권)『치타는 짜장면을 배달한다』 등이 있음.

한용운 1879~1944 승려, 시인. 호는 만해(萬海). 충남 홍성에서 태어남. 서당에서 한학을 배우고 동학 농민 운동과 의병 운동에 가담한 뒤에 1905년 백담사에 들어가 승려가 됨. 1919년 3·1 운동 때 민족 대표 33인의 하나로 독립 선언서에 서명하여 옥고를 치름. 시집 『님의 침묵』을 간행함.

함민복 1962~ 시인. 충북 충주에서 태어남. 서울예술대학 문예창작과 졸업. 1988년 『세계의 문학』에 시를 발표하며 등단함. 시집 『우울 씨의 일일(一日)』『자본주의의 약속』『모든 경계에는 꽃이 핀다』『말랑말랑한 힘』『눈물을 자르는 눈꺼풀처럼』, 동시집 『바닷물 에고, 짜다』 등이 있음.

황인숙 1958~ 시인. 서울에서 태어남. 서울예술대학 문예창작과 졸업. 1984년 경향신문 신춘문예에 시가 당선되어 등단함. 시집 『새는 하늘을 자유롭게 풀어놓고』『슬픔이 나를 깨운다』『우리는 철새처럼 만났다』『나의 침울한, 소중한 이여』『자명한 산책』『리스본행 야간열차』『못다 한 사랑이 너무 많아서』 등이 있음.

작품 출처

강정안　「실비」,『샘물』, 교육도서보급사 1954

경종호　「새싹 하나가 나기까지는」,『천재 시인의 한글 연구』, 문학동네 2017

기형도　「엄마 걱정」,『입 속의 검은 잎』, 문학과지성사 1989

김소월　「진달래꽃」,『진달래꽃』, 매문사 1925;『김소월 전집』, 서울대출판부
　　　　1996

김소월　「먼 후일」,『진달래꽃』, 매문사 1925;『김소월 전집』, 서울대출판부
　　　　1996

김승희　「배꼽을 위한 연가 5」,『왼손을 위한 협주곡』, 민음사 2002

김종길　「성탄제」,『성탄제』, 삼애사 1969

나태주　「아름다운 사람」,『꽃을 보듯 너를 본다』, 지혜 2015

나희덕　「귀뚜라미」,『그 말이 잎을 물들였다』, 창작과비평사 1994

나희덕　「방을 얻다」,『사라진 손바닥』, 문학과지성사 2004

문삼석　「그림자」,『우산 속』, 아동문예 2010

배우식　「묵어」,『그의 몸에 환하게 불을 켜고 싶다』, 고요아침 2005

백석　「고향」,『정본 백석 시집』, 문학동네 2007

복효근　「절친」,『운동장 편지』, 창비교육 2016

복효근　「세상에서 가장 따뜻했던 저녁」,『운동장 편지』, 창비교육 2016

서정홍　「우리말 사랑 1」,『58년 개띠』, 보리 2003

안도현　「사랑」,『그리운 여우』, 창작과비평사 1997

오은　「미니 시리즈」,『호텔 타셀의 돼지들』, 민음사 2009

유하　「자동문 앞에서」,『무림일기』, 문학과지성사 2012

윤동주　「새로운 길」,『정본 윤동주 전집』, 문학과지성사 2004

윤동주　「별 헤는 밤」,『정본 윤동주 전집』, 문학과지성사 2004

이면우　「빵집」,『아무도 울지 않는 밤은 없다』, 창작과비평사 2001

이시영　「마음의 고향─가지 않은 길」,『무늬』, 문학과지성사 1994

이재무　「딸기」,『온다던 사람 오지 않고』, 문학과지성사 1990

이직　「까마귀 검다 하고」, 심재완 편저『정본 시조 대전』, 일조각 1984

이택　「감장새 작다 하고」,『고시조 대전』, 김흥규 옮김, 고려대학교민족문화
　　　연구원 2012

이형기　「낙화」,『적막강산』, 모음출판사 1963

장철문   「전봇대는 혼자다」,『자구 건드리니까』, 사계절 2017
정몽주의 어머니「까마귀 싸우는 골에」, 심재완 편저『정본 시조 대전』, 일조각 1984
정완영   「물, 수, 제, 비」,『사비약 사비약 사비약눈』, 문학동네 2011
정지용   「고향」,『정지용 시집』, 시문학사 1935;『정지용 전집』, 민음사 2003
정진규   「별」,『별들의 바탕은 어둠이 마땅하다』, 문학세계사 1990
정철   「훈민가」, 임형택·고미숙 엮음『한국 고전 시가선』, 창작과비평사 1997
정호승   「풀잎에도 상처가 있다」,『풀잎에도 상처가 있다』, 열림원 2002
정호승   「귀뚜라미에게 받은 짧은 편지」,『외로우니까 사람이다』, 열림원 1998
정희성   「민지의 꽃」,『시를 찾아서』, 창작과비평사 2001
조향미   「시 창작 시간」,『그 나무가 나에게 팔을 벌렸다』, 실천문학 2006
조향미   「못난 사과」,『새의 마음』, 내일을 여는 책 2000
지은이 모름「두꺼비 파리를 물고」, 임형택·고미숙 엮음『한국 고전 시가선』, 창작
              과비평사 1997
최승호   「메아리」,『말놀이 동시집 4』, 비룡소 2008
최승호   「코뿔소」,『말놀이 동시집 2』, 비룡소 2006
한용운   「나룻배와 행인」,『님의 침묵』, 회동서관 1926;『원본 한용운 시집』, 깊
              은샘 2009
함민복   「비린내라뇨!」,『바닷물 에고, 짜다』, 비룡소 2009
함민복   「독(毒)은 아름답다」,『모든 경계에는 꽃이 핀다』, 창작과비평사 1996
황인숙   「모진 소리」,『자명한 산책』, 문학과지성사 2003

수록 교과서 보기

지은이	작품명	수록 교과서
강정안	실비	천재(노미숙)2-2
경종호	새싹 하나가 나기까지는	천재(박영목)2-2
기형도	엄마 걱정	천재(노미숙)2-1
		천재(박영목)2-1
김소월	진달래꽃	교학사(남미영)2-1
		동아(이은영)2-2
		지학사(이삼형)2-1
김소월	먼 후일	교학사(남미영)2-1
		비상(김진수)2-1
		천재(노미숙)2-2
		천재(박영목)2-1
김승희	배꼽을 위한 연가 5	금성(류수열)2-2
김종길	성탄제	천재(노미숙)2-2
나태주	아름다운 사람	창비(이도영)2-2
나희덕	귀뚜라미	미래엔(신유식)2-1
나희덕	방을 얻다	금성(류수열)2-2
문삼석	그림자	천재(박영목)2-1
배우식	북어	금성(류수열)2-1
백석	고향	천재(노미숙)2-1
복효근	절친	창비(이도영)2-1
복효근	세상에서 가장 따뜻했던 저녁	지학사(이삼형)2-2
서정홍	우리말 사랑 1	천재(박영목)2-1
안도현	사랑	금성(류수열)2-2
오은	미니 시리즈	지학사(이삼형)2-1
유하	자동문 앞에서	금성(류수열)2-2
윤동주	새로운 길	금성(류수열)2-1
윤동주	별 헤는 밤	천재(노미숙)2-2
이면우	빵집	천재(박영목)2-1
이시영	마음의 고향—가지 않은 길	창비(이도영)2-2

지은이	작품명	수록 교과서
이재무	딸기	천재(박영목)2-1
이직	까마귀 검다 하고	동아(이은영)2-1
		지학사(이삼형)2-2
이택	감장새 작다 하고	금성(류수열)2-1
이형기	낙화	천재(노미숙)2-2
장철문	전봇대는 혼자다	동아(이은영)2-1
정몽주의 어머니	까마귀 싸우는 골에	동아(이은영)2-1
		지학사(이삼형)2-2
정완영	물, 수, 제, 비	금성(류수열)2-1
정지용	고향	천재(노미숙)2-1
정진규	별	동아(이은영)2-2
정철	훈민가	천재(노미숙)2-1
정호승	풀잎에도 상처가 있다	창비(이도영)2-1
정호승	귀뚜라미에게 받은 짧은 편지	지학사(이삼형)2-2
정희성	민지의 꽃	비상(김진수)2-2
조향미	시 창작 시간	금성(류수열)2-1
조향미	못난 사과	비상(김진수)2-1
		천재(노미숙)2-2
지은이 모름	두꺼비 파리를 물고	미래엔(신유식)2-1
		비상(김진수)2-1
최승호	메아리	창비(이도영)2-1
최승호	코뿔소	천재(박영목)2-1
한용운	나룻배와 행인	교학사(남미영)2-1
		천재(박영목)2-1
함민복	비린내라뇨!	천재(노미숙)2-1
함민복	독(毒)은 아름답다	천재(박영목)2-1
황인숙	모진 소리	천재(박영목)2-2